脚本：倉光泰子
ノベライズ：蒔田陽平

PICU
小児集中治療室
（上）

扶桑社文庫
0785

本書はドラマ『PICU 小児集中治療室』のシナリオをもとに小説化したものです。

小説化にあたり、内容には若干の変更と創作が加えられておりますことをご了承ください。

なお、この物語はフィクションです。実在の人物・団体とは無関係です。

「ＰＩＣＵ」。
それは、「Pediatric Intensive Care Unit」の略称で
小児専門の集中治療室のこと。
〝子どものためのＩＣＵ〟であるＰＩＣＵでは、
小児集中治療を専門とする医師や看護師が
各専門分野の医療スタッフと連携し、
搬送のタイムリミットと闘いながら、
子どもの命を救うために
治療に当たっている――。

1

鏡のような水面に緑色のなだらかな丘陵が映し出されている。背後には雄大な十勝岳《とかちだけ》連峰が青い空を切り取っている。そんな美しい風景画めいた湖面に二艘《そう》のカヌーの航跡が真っすぐな線を描いていく。

両手に持ったオールを水面に沈め、ゆっくりと漕ぎながら、志子田武四郎《しこたたけしろう》はチラと後席の涌井桃子《わくいももこ》のほうを振り返る。後席の桃子はおたおたしながらぎこちなくオールを漕いでいた。

自分たちのカヌーのわきを、矢野悠太《やのゆうた》と河本舞《かわもとまい》の乗ったカヌーがスーッと追い越していく。すれ違いざま矢野が声をかけてきた。

「武四郎、桃子、勝ったほうがアイスね！」

「はい、勝った！」と河本がオールを漕ぐ手に力を入れる。ふたりは息の合ったオールさばきでグングンとその差を広げていく。

「やべ」

「せーので、行こ。せーの」と桃子が号令をかけたとき、矢野が振り向いた。

「あ、カモだ」と背後を指さす。

「え？」

志子田が気をとられているうちに矢野と河本のカヌーはさらに差を広げていく。

「たけちゃん！　ちゃんとやってよ！」と後ろから桃子の叱責が飛ぶ。

「悠太、ずりーぞ！」

結局、その差は縮まることなく矢野と河本ペアが先に岸に到着した。

ふたりはカヌーから降り、「アイス、ゲット！」とハイタッチ。

「……マジかよ」

ため息をつきながら、志子田はゆっくりと岸へと向かう。と、矢野と河本がバシャバシャと湖に入り、志子田と桃子の乗ったカヌーを揺すりはじめた。

「ちょっと！」

「悠太、この野郎！」

志子田は湖に飛び込み、矢野と河本に水をかける。ふたりもやり返し、水の掛け合いになる。そのしぶきが桃子にもかかる。

「目に入った！　痛い痛い」

「桃子、大丈夫か？」

心配して駆け寄る志子田に、「うっそ!」と桃子がおどけてみせる。

「おいっ!」

笑顔を弾《はじ》けさせながら、志子田は桃子にも水をかける。

「もー、たけちゃん!」

水しぶきを浴びながらワチャワチャとじゃれ合う四人にやわらかな初秋の光が降り注ぎ、その姿を輝かせていく。


湖畔から少し離れた場所にある畑では、時代物のドラマの撮影が行われていた。カメラやマイクなどの撮影機材と大勢のスタッフに囲まれるなか、薄汚れた着物姿の少女が担架に乗せられた母親を、「おっかぁ! おっかぁ!」と追いかけていく。

「おし乃」と同じく着物姿の若い女性が少女を抱きとめた。「おっかぁはお医者さまが助けてくださる」

女の腕のなかで少女は今にも泣きだしそうだ。

「おっかぁ……おっかぁ……ママ」

すぐそばにいた助監督が少女にささやく。「ママじゃないよ。おっかぁ」

しかし、少女は顔をゆがめたまま、「……ママ」とふたたびつぶやく。

カメラマンがファインダーから顔を上げ、少女を抱きしめていた女優も「?」とその表情を覗き見た。

少女が苦しそうにあえぎはじめ、助監督が慌てて叫んだ。

「カット、カット!」


木陰に置かれたイスに座り、ぐったりしている星野沙羅《ほしのさら》の様子をアシスタントプロデューサーの小林《こばやし》が心配そうにうかがっている。

「大丈夫? お水飲む?」

かすかにうなずく沙羅に、小林がキャップを外したペットボトルを渡す。沙羅の母親の直子《なおこ》が、申し訳なさそうに小林に頭を下げる。

「中断させちゃって、すみません」

小林は首を横に振り、言った。「ちょっとここで休んでてください」

「すみません」

ひと口水を含み、沙羅はごしごしと顔をこすりはじめた。

「沙羅、ダメ。メイクとれちゃうでしょ」

そばにいたメイクの女性が「大丈夫ですよ」と直子に言いながら、メイク落としを手に沙羅に歩み寄る。

「すぐ汚せるので」と汚しメイクをほどこされた沙羅の顔をきれいにしていく。

「ありがとうございます」

しかし、その手はすぐに止まった。

「!……顔色が……」

沙羅の顔には全くと言っていいほど血の気がなかった。


どこまでも真っすぐに延びる道を自転車に乗った志子田、矢野、桃子、河本の四人が行く。道の両側には濃淡の緑色で作られたパッチワークのような畑が広がり、目を楽しませてくれる。

軽快に先頭を走っていた志子田は、後続の三人と距離が空きすぎたことに気づき、自転車を止めた。その横を通りすぎようとしていた車がなぜかスピードをゆるめた。

「?」と車のほうに視線を移したとき、後部座席の窓から虚《うつ》ろな表情で外を見ている少女と目が合った。

「……あの子」

車がふたたびスピードを上げ、走り去る。

そこに三人が追いついてきた。

「ねえ悠太、ちょっと休憩しない？」

「もう休むのかよ」と志子田に返し、矢野はそのまま追い抜いていく。

「お腹すいたんじゃなかったの？」

「置いてくよ～」

河本と桃子からも置き去りにされ、志子田はしぶしぶペダルを漕ぎはじめた。

矢野に追いつき、志子田は訊ねる。

「悠太～、コンビニまでどんぐらい？」

「うーん。あと、一時間くらいかな」

「一時間も？」

脱力したようにもたれかかってくる娘の温《ぬく》もりを左側に感じながら、直子は運転席の小林に訊ね返す。

横目でナビを確認し、「すいませんね」と小林が応える。「最寄りの病院がそこしかないみたいで。北海道って広いんですねえ」

のんびりとガムを噛んでいる小林に、直子は苛立ちを隠せない。

「はあ……」とため息を漏らしたとき、沙羅のつぶやきが聞こえた。

「……気持ち悪い」

「吐いちゃう?」

用意していたビニール袋を口もとに持っていった途端、娘は吐きはじめた。痙攣《けいれん》するように震える華奢《きゃしゃ》な背中を直子は優しくさする。

「沙羅ちゃん、もうちょっと頑張ってね」と小林がバックミラー越しに声をかける。

「まだ気持ち悪い?」

顔面蒼白でうなずく娘を見て、直子はつぶやく。

「……やっぱり救急車のほうがよかったですかね」

「あー、でも、結局、ロケ先に来てもらうのに倍時間がかかるんですよ」

「……」

トンネルに入り、車内が暗くなる。重い沈黙が続くなか、直子は心配そうに娘の背中をさすりつづける。その身体《からだ》がビクンと震え、ふたたび吐きはじめた。

「沙羅……」

トンネルを抜け、光が射し込んできた。

娘の口もとと手が血で赤く染まっていることに気づき、直子は悲鳴を上げた。

「沙羅！」

キャンプ場に到着した頃には日が暮れかかっていた。四人はキャビンに荷物を置くとさっそく火を熾《おこ》し、食事の準備を始める。

桃子はテキパキと手を動かす三人を見ながら、「すごいな～」と今さらながらつぶやいた。「試験終わったらお医者さんでしょ。みんな、忙しくなっちゃうね」

自分以外の幼なじみが皆、医者になるなんて……。

矢野と河本は予想していたが、志子田には驚きだ。

「桃子もでしょ、社会人さん」と河本が返す。

「こうやって集まれるのも最後なのかな」

思わず漏らす矢野に、志子田が言った。

「そんなこと言うなよ。仕事始まっても毎月集まろうぜ」

「俺、金ないもん。毎月飛行機乗ってたら破産する」と矢野は苦笑する。

「網走で救命医だよね」

「そう」と矢野が河本にうなずく。「あっちに行くのが奨学金返さなくてよくなる条件だったから」

「悠太がいないと困るよ。特にたけちゃんが」

桃子にうなずき、「泣いちゃうね?」と河本が志子田へと顔を向ける。

「泣かないよ。家訓だから」

「泣いてくれよ」と矢野が返す。

「……俺、飛行機代半分出すよ」

志子田が真顔で言い、河本と桃子も続いた。

「私もカンパする」

「私も」

みんなの思いがうれしく、矢野はふっと笑った。

「河本は配属決まった?」

矢野にうなずき、河本が答える。

「私は丘珠《おかだま》病院で小児外科の希望出してる」

「カッコいい」

「でも、桃子は次期社長でしょ?」

「私はしがないいちバスガイドですよ」と自嘲気味に桃子が返す。

桃子の実家は観光バス会社を経営しており、桃子はそこでバスガイドとして働いているのだ。

「あ～あ、早く結婚しちゃおうかな……」

桃子のつぶやきに関心なさげに、「へえ……」と返す志子田に、矢野と河本は顔を見合わせて笑った。そんなふたりの様子に気づかず、桃子が志子田に訊ねる。

「たけちゃんは決まったの？」

「そうだよ、どこに希望出したの？」と矢野も志子田に視線を移した。

「まだ出してない。俺、何科でもいいんだよ」

「え？」

「親を安心させたくて医者になっただけだし。家から近ければどこの病院でも、何科でもいいの」

「志、低っ！」と河本がツッコむ。「悠太を見習ってよ」

「いやいや」

「俺、生きるとか死ぬとか、ホント無理だからさ。そういうの俺、ダメだから」

じゃあなんで医者になったんだよと三人はあきれた。

臨月間近の大きなお腹をかかえた綿貫《わたぬき》りさがソファに座り、名づけ図鑑を眺めている。

背後のキッチンで料理をしていた夫が、「ねえ、でかいお皿どこ？」と訊ねた。

「あのね、たしか一番の上の左かな」と立ち上がった妻を、「座ってて」と夫が制する。

「ありがとう」

綿貫は名づけ図鑑に視線を戻した。

「沙都、沙耶……あ、沙羅は？」

「え？」

「沙羅ちゃんってよくない？」

そう言ってキッチンを振り返ったとき、つけっぱなしにしていたテレビからニュースを伝えるアナウンサーの声が耳に飛び込んできた。

『……沙羅さんが亡くなりました』

綿貫は思わずリモコンに手を伸ばし、音量を上げた。

『関係者によりますと星野沙羅さんは北海道でテレビドラマの撮影中に体調を崩し、道内の病院に運ばれましたが先ほど亡くなったということです……』

綿貫の目はニュース画面に釘づけになる。

「……」

暮れなずむ静かな森のなか、コンロの炭火が赤々と光っている。缶ビールを手に網の上の肉をひっくり返し、河本が言った。

「お肉もういいよ！」

「うわ、うまそ」と志子田が歓声を上げたとき、タブレットを手にした矢野が言った。

「……死んじゃったって」

「え？」

志子田が振り向き、「誰が？」と河本が訊ねる。

矢野はタブレットを三人に見せた。画面には人気子役・星野沙羅の写真が表示されていた。記事に目を走らせ、河本がつぶやく。

「朝ドラ、見てるよ、私」

「まだ七歳って……」と桃子が絶句する。

「ここの近くで撮影してたっぽい。ほら、めっちゃ近く」

志子田は沙羅の写真を見つめ、自転車のわきを通りすぎていった車に乗っていた女の子のことを思い出した。

あの子だ……。

「さっきまで、生きてたじゃん」

「え？　なんか言った？」

矢野に小さく首を振り、志子田は天を見上げた。

「あー俺、やっぱ無理だ」

志子田は立ち上がり、フラフラと歩きだす。

「どうした？」

「暑い」

そう言うと、志子田は湖に向かって歩いていく。

そのまま湖に入り、なおもどんどん進む。最後には水に飛び込んだ。

限界まで潜り、ガバッと志子田は顔を上げた。

水とは違う液体が、みるみるその顔を濡らしていく。

「……」

*

羽田空港のターミナルビルを出たところで、鮫島立希《さめじまたつき》は横を歩く秘書の林遥香《はやしはるか》に語りはじめる。

「日本は以前、先進国のなかで子どもの死亡率が図抜けて高かった。それはＰＩＣＵ、小児集中治療室がなかったからです」

「……小児集中治療室？」

「子どものためのＩＣＵです」

「あ、だからＩＣＵがつくんですね。Ｐは？」

「Pediatric、小児科です」

「北海道にもＰＩＣＵはありますよね？」

「厳密にいうと、今あるのは術後の子どもを管理するユニットです」

その違いが林にはよくわからない。

「だから、ここまで来た」

決意を秘めた表情でそう言うと、鮫島はタクシーへと乗り込んだ。


東京国際こども病院に入ると、「わぁ……」と思わず林は声を漏らした。広々としたロビーには天井に達する巨大な樹のオブジェが鎮座し、壁にも可愛い動物たちのイラストが描かれているのだ。

一般的な病院の無機質なイメージとはかけ離れた内装に、小児専門病院とはこういうものかと鮫島も感心する。

病人とは思えないくらい元気な子どもの患者たちが遊ぶラウンジを抜け、鮫島は廊下を進んでいく。

広いフロアに出たところで、鮫島は林に言った。

「ここで」

林を待たせ、鮫島はPICUのなかへと入っていく。

手前にナースステーションがあり、その先にハイケアユニットが並んでいる。ベッド一床あたりのスペースが広く、ICU独特の閉塞感のようなものはない。

そのなかを医師や看護師たちが忙《せわ》しなく行き交っている。

呼吸器をつけ、ひと回り小さなベッドに横たわっているのは、まだ小学生にもなっていないだろう子どもたちだ。

患児を見つめていると背後から声をかけられた。

「ご家族の方ですか？」

振り返ると三十半ばの看護師が微笑んでいた。

「あ、植野《うえの》先生を探しておりまして」

看護師の羽生仁子《はぶにこ》に連れられてきたのは会議室だった。羽生が扉をノックしようとしたとき、なかから何かが崩れ落ちるような音がした。

苦笑しながら羽生が声をかける。

「先生、お客さまです」

鮫島に会釈し、羽生は去っていった。

「失礼します」と鮫島は扉を開け、なかへと入る。

会議室には所狭しと資料が並べられ、かなり乱雑な雰囲気だ。壁際には何枚ものホワイトボードが置かれ、それらは小さな文字で埋め尽くされている。

その前で白衣姿の男性がじっとその文字を見つめている。

「植野先生」

鮫島が声をかけると、植野《うえの》元《はじめ》はゆっくりと振り向いた。ヒゲをたくわえた精悍《せいかん》な顔つきをした四十代後半の男性だ。

「私、北海道知事をしております、鮫島立希と申します」

差し出された名刺を受けとり、植野は小さく会釈を返す。

鮫島は背後のホワイトボードに目をやった。北海道での撮影中に倒れ、亡くなった子役の新聞記事が貼ってあり、その処置の詳細が時系列順に書かれている。そして、それぞれの処置の段階で何をすべきだったのか、どういう可能性があったのかをシミュレーションしたフローチャートがホワイトボードの板面を埋め尽くしていた。

「先生がおひとりで作られたんですよね？　日本各地にあるＰＩＣＵは」

「……」

「アメリカで学ばれたあなたが一から作られたと聞いています」

黙ったままの植野に鮫島は言った。

「先生、お願いがあります」

「……」

「北海道に、ＰＩＣＵを作っていただけないでしょうか？　どんな状態の子どもも二十四時間受け入れられる、こちらのようなＰＩＣＵを」

名刺を手にしたまま、植野は覚悟をはかるかのように鮫島を見つめた。

＊

三年後――。

丘珠病院小児科の診察室で、志子田は注射を嫌がり泣き叫ぶ五歳女児を相手に四苦八苦していた。

「あれ、あっちに何かあるよ？　何かな？」

窓の外を目で差し、懸命に注射から注意をそらそうとするが女の子は泣きやむ気配がない。この悪夢からどうにか逃れようと必死に身をよじる。

かたわらに立つ若手看護師の三好凛《みよしりん》が心配そうにうかがっている。

大丈夫だと志子田は三好に笑みを向けるが、今や女の子の泣き声は断末魔の悲鳴レベルに達している。

「……」

どうにか注射を終え、ホッとする間もなく診察室のドアが開き、二十代半ばの若い母親が五歳くらいの男の子を連れて入ってきた。

問診のあと、志子田は聴診器を男児のお腹に当てる。

「先生、大丈夫でしょうか？」

厳粛な面持ちでうなずき、志子田は言った。

「お薬出しますので、三日間飲めば必ずよくなります。安心してください。僕を信じて」

「先生……」

薬品棚の整理をしながら聞いていたベテラン看護師の根岸詩織《ねぎししおり》がボソッとつぶやく。

「風邪でしょ」

診療を終え、医局に戻ると、三好が数人の同僚看護師たちと一緒にやってきた。

「志子田先生！」

「三好さん」

「先生、ご飯連れてってくださいよ」と軽い口調でおねだりしてくる。

「いいよ」

三好は同僚たちと微笑み合い、続ける。

「じゃ、お知り合いの先生たち呼んでくださいね。札幌北医大か、北海道医大のカッコよくて仕事のできる先生」

期待にふくらんでいた志子田の胸がしゅんとしぼむ。

「……わかりました」

「じゃ、楽しみにしてますね、志子田先生」

「お店選び頑張ります」

去り際、一瞬三好は冷めた表情を浮かべたが、志子田は気づかない。さっそく店を検索しようとスマホを取り出したとき、今度は根岸がやってきた。

こっちは最初から見下したような表情だ。

「志子田せんせー、呼び出しです」

「え」

小児科科長の鈴木修《すずきおさむ》の前に立ち、志子田はおずおずと切り出した。

「……で、お話というのは？」

「志子田くん。患者さんからも人気だし、気配りもできて、それでいて優秀だから手放すのは大変惜しいんだけども」

科長の言葉に、志子田の表情がこわばっていく。

「……て、手放す？　飛ばされるってことですか？」

「まさか、栄転だよ！　最年少記録」

「！」

話を聞き終え、小児科科長室を出た志子田は満面の笑みでガッツポーズ！

いっぽう、ドアの向こうでは鈴木が安堵の息をついていた。

「は!?　うちから看護師を出せ？　無理に決まってるでしょう。もともとうちだって補充希望を去年から出してるんですから!」

医局全体に響くような大声で、小児外科科長の浮田彰《うきたあきら》がスマホに向かって怒鳴っている。その様子を眺めていた河本は、段ボールを抱えた志子田が廊下を通りすぎていくのを見て、席を立った。

追いつき、その背中をポンと叩く。

「クビか……意外と長く持ったね」

「んなわけないだろ」と志子田が振り向く。「栄転だよ、栄転!」

「どこに?」

「ペディアトリック・インテンシブ・ケア・ユニット!」

「PICU……」

さっきの浮田の怒り顔を思い出し、河本は志子田に同情の視線を送る。しかし、志子田はまるで気づかず、「じゃあね」と去っていった。

『Pediatric Intensive Care Unit　小児集中治療室』と記された壁を前に、志子田は大きく一つ息を吐いた。なかに入ろうとしたとき、扉の向こうから怒気を含んだ声が聞こえてきた。

「はあ？　たった四人!?　ふざけてますよね」

踏み出そうとした足が止まる。

「鮫島知事も必死に北海道中の病院に声をかけてくださったそうです。だけど、人が集まらなかった」

「私、家族でこっちに来ちゃったんですよ！　子ども転校させたんですからね！　植野先生、これ、詐欺じゃないですか!?」

穏やかではない発言に、志子田は思わず聞き耳をたてる。

「医者はあとふたりしかいない！　ひとりは右も左もわかんないような小児科医ですよ？　ヘラヘラして、腕もないって有名な！　そんな人でも医者のひとりにカウントされてしまうんです！」

自分のことだと気づき、志子田は小さくなる。入るに入れず扉の前で固まっていると、スクラブ姿の仏頂面の女医が隣に立った。

「しかも、もうひとりは裁判沙汰になってるワケあり救命医でしょ？　うちは問題児の厚生施設じゃないんですよ」

「野村再生工場みたいな？」

「あ、先生、完全喧嘩売ってますね」

綿貫は躊躇《ちゅうちょ》せず扉を開け、なかへと入っていく。

植野と羽生が目を見開き、綿貫を見た。

「ワケあり救命医の綿貫です」

気まずい思いで羽生は視線をそらす。

「あなたもコソコソしてないで、入りなさいよ」と綿貫は入口前で突っ立っている志子田に声をかける。

「!?……」

志子田はおずおずとなかに入る。

綿貫は植野と羽生の前に立ち、言った。「植野先生に懇願されて札幌共立大からやってきました……が、必要なければ帰りますが」

「いやいやいや……先生」と羽生は慌てて植野に挨拶をうながす。

「あ、私、科長を務めます、植野元です。よろしくお願いします。こちらは、私がお願いして東京からついてきてもらった看護師長さん」

紹介され、羽生が続く。

「羽生仁子と申します。東京と長野のＰＩＣＵで看護師をしてました」

植野と羽生から視線を向けられ、志子田は慌てて口を開いた。

「……え、あ、えーと、この病院の小児科から来ました。志子田武四郎です」

「君が志子田武四郎くんですか」と植野が微笑む。「なんとも耳なじみのいい名前ですね」

「……ありがとうございます」

「志子田先生……しこっちゃん……しこちゃん先生……あ、いいですね。しこちゃん先生よろしくお願いします」

「はい、頑張ります！」

植野から専用のスクラブを渡され、志子田は背中にプリントされた『ＰＩＣＵ』の文字をうれしそうに見つめる。

そんな志子田に羽生が訊ねた。

「ＰＩＣＵに興味あったの？」

「ハイ！」

「じゃあ話は早いね」

「でも、よくわかっておりません！」

やっぱり前評判どおりかと羽生はがっかり。しかし、植野は期待に満ちた笑みを志子田に向け、説明を始めた。

「ＰＩＣＵと名乗るにはかなり細かい設置基準がある。最低でも八床のベッドがないとそこはＰＩＣＵとは言えない」

志子田は室内を見渡し、つぶやく。

「うちは、五つ……」

すかさず羽生が言った。

「奥は個室と二つの陰圧室」

「陰圧室？」

「感染症対策の部屋ね」

「だったら八つありますね」

「そこはクリアしてるね」と植野は志子田にうなずいた。「でも、ベッドがあればいいってことじゃない。ベッドは一つにつき十五平方メートルは最低でも必要。それも」

「クリアしてます。ですが」

羽生にうなずき、植野が続ける。

「看護師が圧倒的に足りてない」

「二対一看護ですか」

志子田の返しに、植野は小さく首を振った。

「成人だとそれでもいいんだけど、子どもは手がかかるからね。ＥＣＭＯ《エクモ》とか機械が出ればは患者ひとりにつき看護師はふたり。一対二看護になる。そして、朝昼晩の三交代制をとって、休みもローテーションしたら……どうなるか」

思わず羽生を見つめ、志子田はにらみ返される。

「つまり、うちはまだ一床の運営もままならない。まだＰＩＣＵとは言えないね」

現状にあ然とする志子田を尻目に、綿貫が冷静に言った。

「看護師だけじゃなく医師も足りてないんじゃないですか。私も初期研修を終えたばかりの小児科医をひとりの医者としてカウントするのはもったいないと思います。使い物にならないので」

志子田が身を縮めるなか、辛辣《しんらつ》な物言いをはぐらかすように植野が返す。

「一応、私もベテランの小児科医ですよ」

そんな植野に羽生が怒り顔を向ける。

「植野先生が小児科医ふたり分の仕事をできるんですか？　二十四時間三六五日」

「それは、たしかに厳しい。でも、今ここに集まってるのは四人だけなんです。求人サイトで募集もしました。さまざまなところに声もかけました。ですが、集まりませんでした。どこも人不足だから仕方ありません。ここに来てくれたみなさんは貴重なメンバーです。たとえ、使い物にならなくても」

申し訳なさそうに志子田がうつむき、

「ワケありで、非常に口が悪くても」

綿貫がキッと植野をにらんだ。

脚立《きゃたつ》に乗った志子田が天井の照明を付け替えている。新しい蛍光灯をはめると暖色系の柔らかな光が灯《とも》る。

満足そうにうなずく植野に志子田が言った。

「これ、全部つけるんですか?」

「イメージしてたものより、光が強かったからね」

「業者の人に任せたらいいんじゃないですか?」

「やってもらうほどの予算はないよ」

「でも、これって僕たちの仕事じゃないですよね?」

文句が止まらない志子田に、植野が言った。

「……志子田君にとって医者の仕事ってなんなの?」

「……」

「車にひかれて死にそうになって、うっすら目を開けたとき、内臓を何個も取りだして新しい内臓に替えてもらったとき……そんなとき、どんな色が見たい？　目が痛くなるような蛍光灯とか嫌じゃない？」

「……」

「人によってはね、ここで見た景色が最後になる子もいますからねえ」

「……」

「続けましょう」

「……はい」

*

夕食を作り終え、食卓に自分と母の箸を並べているとドアが開いた。

「おかえりー」と志子田が振り向くと、「ジャーン」と居間に入ってきたのは母ではなく桃子だった。

「びっくりした」

「これ、お土産」と桃子は持っていた旭川ラーメンの紙袋を志子田に渡す。

「お、ありがとう」

「今日、旭川営業所の人が来てたから」

志子田はバスガイドの制服の下から存在を主張する大きなお腹を見て、言った。

「いい加減産休とらなくていいのかよ。立ち仕事だろ」

「今は近場だけしか回らないし、南《みなみ》ちゃんがサポートで入ってくれてるし」

志子田の母の南は桃子の親が経営する観光バス会社で働いている。バスガイドとしては師匠と弟子のような関係だった。

桃子は食卓に並んだ料理へと視線を移す。

「今日もおいしそうだねぇ」

「でしょ？　私の育て方がいいから」と南が居間に入ってきた。手にはフットマッサージ機の箱を持っている。

「ほら、これよこれ。結構、足のむくみにいいのよ。バスガイドと妊婦には天敵だからね。むくみはね」

床に置かれた箱を見て、桃子が言った。

「ありがとう。でも南ちゃん、これホントにいいの？」

「いいのいいの、全然使ってないから」

母の言葉を聞き、志子田が怪訝《けげん》そうに言った。

「ねえ、それ、通販で買ったばっかじゃん」

「え？　そうなの？」とうれしそうにしていた桃子の顔色が変わる。

南は即座に否定した。「違うよ」

しかし志子田は譲らない。

「電話してたじゃん、通販番組の」

「じゃ、悪いよ」と桃子はマッサージ機を返そうとする。

「あげたくて買ったの！」と桃子に言い、南は息子をにらんだ。「この子はいつも余計なこと言うの。そういうとこがダメなのよ。ね？」

「かもね」

苦笑を交わすふたりに、志子田は唇をとがらせた。

「なんだよ、ふたりして」

お茶でも飲んでいけという南の誘いに、「ううん」と桃子は首を横に振る。「もう帰るね！　この前も夕飯食べさせてもらっちゃったし」

「翔《しょう》くんが待ってるもんね」

「日帰りツアーの運転だから、今日は早いんだ」と桃子はニコッと笑った。

「持ってくよ」

マッサージ機の箱を持ち、志子田が一緒に玄関へと向かう。

桃子の車を見送り、戻ってきた志子田はすぐに食卓についた。対面に座った南がサンマに添えられた大根おろしにしょう油をかけ、「あ」とつぶやく。

「間違えた。ポン酢だ」

「ほれ」と志子田がまだ手をつけていない自分の皿を南に渡す。

「ありがとう」

交換したサンマの大根おろしにポン酢をかけながら南がしみじみと言った。

「……なんでだろうね、こんないい子なのに」

志子田は黙々とサンマを食べている。

「あんたがもうちょっと頑張れば、桃子ちゃんとうまくいってたかもしれないのにね」

「……」

「あ、でもダメか。いろいろ知られちゃってるもんね。おねしょがなかなか治らなかったこととか、鼻くそ食べてたこととか」

「食べてねーよ!」

「食べてたよ」

「食べてねーわ！　母ちゃんが姑《しゅうとめ》になるのが嫌だったんだろ」

「違うよ。あんたが素直じゃなくて、カッコつけだからよ」

「カッコいいんだからしょうがねぇだろ」

「わかってないな。だからモテないんだよ」

「いやいや、今日もご飯誘われたから」

「どうせ、いつもみたいに誰か誘ってくれって言われたんじゃないの？」

「え？」

「やっぱ、そうなんでしょ？」

痛いところをつかれ、志子田は話題を変えた。

「……俺、異動になった」

「え？」

「異動」

「病院替わるの？……いいよ、家出てって」

「いやいや、ＰＩＣＵに異動になったの」

「Ｐ……なんだって？」

「ＰＩＣＵ」

「え？　Ｐ……」

「ＰＩＣＵ」

「ＰＩ……？」

「子どものＩＣＵみたいな。小児集中治療室」

「最初からそう言いなさいよ。あんたね、昔からカッコいいと思われたくて、わざと難しいこと言うクセがあるよ」

「難しいんじゃなくて名前なの」

「お母さんくらいしかこんなこと言わないから、言ってもらってありがたいと思いなさい」

憮然《ぶぜん》とする息子を気にせず、南は訊ねる。

「でも、ＩＣＵまで子どものがあるんだね。大人のＩＣＵじゃダメなの？」

「子どもの身体は小さいから！　ガサツなことできないんだよ！」

「ガサツなあんたは大丈夫なの？」

またも痛いところをつかれてしまった。

「……だ、大丈夫だよ」

そう答えたもののみるみる自信がなくなり、現実から目を背けるように志子田はガツガツと白飯をかきこんだ。


志子田が風呂につかりながら新たな職場についてぼんやりと考えていると、浴室に母が現れた。「よいしょ」と洗濯カゴを持ち上げ、「これ、全部洗濯していいね」とすりガラス越しに声をかけてくる。

「そのシャツはネットに入れて」

「めんどくさ。自分でやんなさい」

「なんだよ」

洗濯機の予約をしながら、「あ、そうだ」とふと思い出したように南が言った。

「女の子だって、桃子ちゃんの赤ちゃん」

「んー」

「泣くなー。余計つらくなるぞー」

志子田はガラス戸に向かって思いきり湯をかけた。

部屋に戻ると、矢野から幼なじみグループにビデオ電話が入った。志子田はベッドに腰かけ、参加ボタンをタップする。

「おめでとう！　一番大変なとこに栄転だってな」

すでに河本から聞いていたのだろう。矢野がからかうように言った。四分割された画面の下から二番目に映った河本が志子田に確認する。

「ＰＩＣＵ、四人だけなんでしょ？」

「四人ていうか、三人みたいな感じらしいよ。俺はカウントされてないから」

自虐する志子田を、「そんな弱気になるなって」と矢野がなぐさめる。

「いや、なるよ。すげー言われようだったから」

「そこ、星野沙羅ちゃんがきっかけでできたらしいね」

マッサージ機に両足を突っ込み、心地よい振動に身をゆだねていた桃子は、四人で行ったキャンプを思い出す。

「あのときの子役の……」

「三年前だよね」

河本にうなずき、志子田は神妙な表情になる。河本は話を続けた。

「先輩に聞いたんだけど、札幌共立大の救急科長が絶対に丘珠のＰＩＣＵには人を出さないってキレてたらしいよ」

「なんで」

「長年ＰＩＣＵを作ろうと動き回ってたんだけど、なかなかお金が集められなかったみたいで。なのに、知事のひと声で丘珠に作るってなって」

「あ〜、だから人も集まらないのか」と矢野が腑《ふ》に落ちた顔になる。

「大変だね、たけちゃん。人集めもしないといけないいんじゃない？」

心配する桃子に、「週七夜勤だね」と河本がかぶせる。

「絶対ムリ！」

「子どもを救いたいって気持ちがあればなんとかなるって」

他人事《ひとごと》だと思って矢野はお気楽なことを言う。すぐに河本がツッコんだ。

「忘れたの？　武四郎がなんで小児科行ったか。家から近い病院で、可愛い看護師さんがいっぱいいいたからだよ」

「あっ」と笑いながら桃子がお腹に手を当てる。「お腹の子も笑ってる」

「動いた？　見せて。最近よく動くね」

河本の顔にも笑みが浮かぶ。

そのとき、矢野の表情が変わった。

「あ、呼ばれた」

「お前、まだ病院なの？」と志子田が驚く。

矢野の顔が画面から消え、それをきっかけに三人も通話を終了した。

志子田はデスクに向かい、本立てから小児救急に関する参考書を取りだす。チラと時計を見て、気合いを入れるように自らの顔をパンと張った。


大通公園にそびえるテレビ塔の下を鮫島と植野が歩いている。

「初日、どうでしたか？」

「なかなか面白い日でしたよ」

植野の返しに、鮫島はため息をつく。

「大変だったってことですね」

「いつものことですから」

「私ももう一度、ほかの病院に協力を要請してみます」

「この件に関して道内の病院からの反発が多いのはわかってます。でも、ほかに手段がなかったんです。ほかの病院との連携をとることが今後の課題となっていくでしょうね」

「……はい」

見切り発車でもなんでも、とにかくスタートさせることが最重要だったのだ。

うなずき、鮫島は植野を見つめた。

「先生、北海道は住むのに素晴らしい場所ですよ。だから……ここに住んでいる子どもが……北海道が広いから、札幌が遠いから、そんな理由で命を落とすようなことがあってはならないんです」

そう言って、鮫島は空を見上げた。

頭上にはイルミネーションに彩られた美しいテレビ塔がそびえ立っていた。

*

昨晩はなかなか寝つけず、いつもの起床時間を寝過ごしてしまった。近くにあったチョコパンスティックの袋を握りしめ、志子田は家を飛び出す。

始業時間ギリギリにＰＩＣＵに飛び込んだが、ガランとした室内には誰もいなかった。

「あの〜、おはようございます……」

ゆっくりと進みながら、周囲を見渡す。ほかの科とは違う淡いクリーム色の壁に昨日取り換えた暖色系の照明の柔らかな光が反射し、温かな空気を醸しだしている。

「悪くないねえ」

志子田がつぶやいたとき、ミーティングルームのほうからガタッと音がした。そーっとうかがうと、カエルのマペットがドアの隙間から顔を覗かせている。

「!?」

「ミーティングの時間ですよ」

マペットを操っていた植野がドアの向こうからひょこっと顔を出す。

驚き、固まっている志子田を一瞥《いちべつ》し、「やっと揃いましたんで、早く始めてください」と綿貫がテーブルに着く。

おずおずと志子田もなかに入り、綿貫の対面に座った。

植野が目で合図し、羽生がストレッチャーにウサギのぬいぐるみを乗せる。

「患者はウサギ山のうさぎちゃんです」

ホワイトボードにペンを走らせながら真面目な顔で植野が話しだすと、「ううううう、助けて」と羽生が小芝居を始めた。綿貫があきれたようにふたりを見つめる。

「ここから三百キロ離れた場所で腹痛を訴えました」

すぐさま羽生がミーティングルームに据えられた巨大な北海道地図にマグネットを置く。

「救急車を呼ぶには一時間弱かかると言われたので、車で彼女を近くの病院まで搬送。

途中、車内で嘔吐《おうと》。朝食を吐いたものと思われます。ロケ先で配られたおにぎり二個」

志子田は植野が沙羅ちゃんのことを話していると気がついた。綿貫の顔つきも真剣なものへと変わっていく。

「嘔吐までは想定内だったでしょう。しかし、最初の嘔吐の二、三分後、彼女は胆汁を吐きだしました。お母さんの話では濃い緑色のなかに血が混ざっていたようです」

ストレッチャーに乗せられたウサギのぬいぐるみに、あのとき見た彼女の虚ろな表情が重なっていく。

「彼女は嘔吐をくり返して脱水した。お腹も張っていたようで、このときには腸管内から出血していたと思われます。血圧が下がり、数秒痙攣したとのことです」

植野は説明をいったん止《や》め、「さて」と志子田と綿貫を見回した。

「この時点で我々ができることはありますか?」

志子田が植野に訊ねる。

「それはこの丘珠にいる僕たちが、という意味ですか?」

「はい」

「その意味だと、できることはないと思います」

「そうですね」と植野はうなずき、説明を再開した。「このあと、動揺したお母さんは向かっていた病院に電話しました」

羽生が病院の位置にマグネットを置く。

「お母さんは混乱していて、必要な情報をきちんと伝えることができませんでした。そして、電話を受けた若い医師も混乱した保護者を落ち着かせる話し方を訓練されていなかったのです。ひとまず状況を確認し、病院で一度診ることになりました」

志子田は自分に置き換えて考える。もし自分が電話を受けたとしても、パニック状態の母親から患者の正確な状態を聞きだすことなどできないだろう。

「すぐに大きい病院で診てもらうべきだと判断され、道北医科大学病院に搬送されることに。だが、ここですでに吐血してから四十五分経《た》っていました。道北医科大学病院の救急センターに着いたのはさらにそこから二十分後」

羽生がマグネットを移動させる。

「意識レベルがかなり落ち込んでいて、彼女の体温は四十度に近かった。脱水によるショックに加えて、敗血症性ショックになっていました。ベッドに寝かせたとき、一瞬意識を取り戻したそうです。『気持ち悪い』と言ってから、下血をしました。五〇〇グラムほど下血したとそこの救急スタッフの記録があります」

植野は一切資料を見ることなく、星野沙羅ちゃんの病状がどのように変化していったのかを淡々と話しつづける。

「ショック状態になり、心肺停止に。電気ショックで蘇生します」

植野はふたたびふたりに問いかけた。

「この時点で、我々ができることはありますか?」

「……ないと思います」と志子田が答える。

「もし、あなたが道北医科大学病院の救急スタッフだったらどうしますか?」

「え?……」

戸惑う志子田に代わり、綿貫が答える。

「輸液と輸血、昇圧剤で血圧を安定させてから……転院の準備をします」

「それはなぜですか?」

「その病院には小児専門の外科医がいないからです」

「そうですね」と植野は綿貫にうなずいた。「彼らも同じ対応をしました」

「……」

「道北医科大学病院から北海総合大学病院に連絡が入りました。搬送は陸路では絶望的ですから、彼女を近くのヘリポートまで救急車で搬送し、そこから北海総合大学病院に運ばれましたが……この時点で我々ができることはありますか」

志子田はわからず黙り込む。綿貫が口を開いた。

「北海総合大学病院のＰＩＣＵは救急を受け入れられませんよね」

「そのとおり」とうなずき、植野は続けた。「……沙羅ちゃんは息を引き取りました」

「……」

「私たちのＰＩＣＵはどんな状況の子どもでも、いつでも全員を受け入れていかないといけません。それは北海道中の五十五万人の子どもの命を預かるということです」

「……」

「私たちは、沙羅ちゃんには間に合わなかった。だからこそ、我々がやるべきことは丘珠空港にほど近いこの病院にＰＩＣＵを作り、北海道中に広く知らせること。自分たちの病院では無理だと感じたときに、ここのＰＩＣＵに患者を搬送できるシステムを作りあげること」

　丘珠空港は札幌にある唯一の空港だ。かつては陸上自衛隊の専用飛行場だったが、現在は民間機も利用できるようになり、道内各都市への定期便の発着など新千歳空港を補完する役割を果たしている。

　志子田はこの病院にＰＩＣＵが作られた意味をようやく理解した。しかし、いくら空港に近いからといって、そう簡単に事が運ぶのだろうか。

同じ疑問を持ったのだろう。綿貫が訊ねた。

「でも、どうやって道内の子どもたちをここに運ぶんですか？　毎回自衛隊に連絡するわけには――」

「手段はすでにあります」とさえぎるように植野が答える。「ドクタージェットです」

ドクタージェット……？

「北海道は広大で、山も高い。ヘリだと高度が持たない場所もある。実際に名古屋に待機しています」

植野は北海道地図からふたりへと視線を戻す。

「ここを立ち上げるときに知事に条件を出しました。ドクタージェットを丘珠空港に常駐させることを。知事は近い未来に必ず実現すると約束してくれました」

「……だから、丘珠にＰＩＣＵを」

「はい」

志子田にうなずき、植野は力強く宣言した。

「私たちが目指すのはドクタージェットを運用した日本屈指のＰＩＣＵです。日本一、広大な自然を相手にして」

植野の壮大な夢に感じ入ることは多かったが、現実には難題が山積している。丸一日PICUを運用していくための雑事をこなし、医局に戻った志子田はドクタージェットについて調べはじめた。

志子田の背後を通りがかった綿貫がパソコン画面をチラと見て、言った。

「こんな人数しかいないのに、ジェット機の運用なんて夢のまた夢でしょ」

振り返る志子田に、「少しは現実見たら」と言い残し、綿貫は帰宅の準備を始める。

「……」

植野が廊下の壁にシールを貼っていると私服に着替えた綿貫が歩いてきた。

「まだ、沙羅ちゃんの裁判続いているみたいですね」

どうやら星野沙羅の案件で彼女が気になっていたのは、裁判沙汰になっているという点だったようだ。

「そのようですね」と植野はうなずく。

「……医療裁判は時間がかかりますから」

「……そうですね」

「お疲れさまでした」のひと言もなく、綿貫はそのまま去っていく。

科長室に戻った植野はデスクの引き出しを開けた。なかに入っていた封筒を取り出し、しばし眺める。

その手紙は鮫島から託されたものだった。


志子田が自室でPICUに関する参考書を読んでいるとスマホが鳴った。矢野からだったのですぐに出る。

「おう、どうした?」

「元気?」

「おう。昨日話したばっかじゃん」

「だな……」

「やっぱ、ヤッバいわ」

唐突な言葉に、矢野は「え?」と訊き返す。

「PICUだよ。だってさ、子ども死んじゃったら、マジでやばいじゃん。やっぱ救命ってすごいわ。お前、さすがだわ」

「そんなことないって」

「で、どうしたの?」

「……あのさ」

矢野をさえぎるようにドアが開き、預金通帳を手にした南が顔を出した。

「ねえ、今月の入金二万円多かったんだけど。どうしたの？」

「勝手にハワイ貯金に回してよ！　今、悠太と話してるから」

「あ、え、ごめんね。悠太！　また遊びにきてね」とスマホに向かって南が叫ぶ。

「うるっさいな……」とつぶやき、志子田は矢野との会話に戻った。

「ごめん、どうした？」

「……忘れた！」

「ええ？」

「あ、看護師さんに呼ばれた。じゃあ、またな」

「おう」

電話を切り、志子田は首をひねるが、すぐに参考書へと視線を戻した。

＊

植野がＰＩＣＵの壁に可愛い動物のキャラクターシールを貼っている。横でメールのチェックをしていた羽生が、ため息とともにつぶやいた。

「どこもダメだ。出してくれないわ」

「看護師さんの離職率、上がってきてますもんね。……ま、時間が経てば、きっと集まりますよ」

悠長な植野の言葉に羽生はキレた。

「いくら旦那が専業主夫だからって、私だって人間なんです！　睡眠しますし、休みも必要なんです！　すぐにでも集めてください！」

本気の怒りに、植野は身を縮ませる。

「……連絡はね、してるのよ」

そこに、「おはようございます！」と志子田が勢いよく入ってきた。

一瞥して、羽生がつぶやく。「できるヤツがほしいんだよなあ」

「はい？」

そのとき、植野のスマホが鳴った。電話を受けながらミーティングルームへと移動し、

「はい、はい、名前は……はい」と植野はメモをとりはじめる。

どうやら患者の受け入れ要請のようだ。殴り書きで埋まっていくメモを見ながら、羽生がそれをホワイトボードに転記していく。

『名前：カンザキキョウカ　年齢：五歳　症状：下腹部痛　場所：稚内の稚内みどり総合病院から転送先を探している　待機時間：四時間』

「四時間も……」

綿貫が眉間にしわを寄せたとき、スマホに向かって植野が言った。

「はい、搬送お願いします」

思わず志子田は大きな声を出した。

「うちが受けちゃうんですか!?」

スマホを置き、植野が一同を振り返る。

「機器は揃っています。受け入れましょう！」

植野、志子田、綿貫はすぐに要請してきた救命救急科へと向かった。救命医の東上《とうじょう》宗介《そうすけ》が三人に容体を説明する。

「急性腹症です。腹痛を訴えてからの悪化が早い」

「了解」と綿貫が応え、植野とともにすぐに準備に入る。東上ら救命医と看護師たちもそれぞれの職務に戻った。

志子田だけがひとり、自分のすべきことがわからず取り残される。

「あの僕は何を……」

そこに麻酔科医の今成良平《いまなりりょうへい》が入ってきた。

「状況を教えて！」

「少し前に札幌からヘリが出ました。豊富《とよとみ》で給油することになってます」と東上がわかっている段階の状況を説明する。

「結構かかりますよね」

「はい」と看護師の虎田葵《とらだあおい》が植野に返す。「片道一時間半ぐらいは」

「搬送先とか搬送方法決めるのに時間がかかって、どんどん悪化してしまったのでは」

綿貫の疑念に東上が答える。

「症状自体は昨日からあったそうです。かかりつけ医は、よくある胃腸炎と診断したようで……」

ずっと黙って聞いている志子田に植野が言った。

「患者の到着時間を調べてくれますか？」

「え……」

「ドクヘリの管制に電話！」と綿貫が志子田に指示する。

「あ、はい」

志子田は慌ててスマホを取りだす。

しばらくして羽生が入ってきた。「五分前に稚内を出たそうです」

「了解」と植野の表情が少しやわらぐ。「思ったより早く着けるかもしれませんね」

東上が虎田に超音波検査の準備を指示するなか、志子田はまだスマホを耳に当てている。そんな志子田に植野が声をかける。

「もう大丈夫ですよ」

「？」

「電話、大丈夫です」

志子田は慌てて電話を切った。

「志子田先生」

「はい」

「スクラブに着替えてきてください」

「……」

一時間後、ドクターヘリが丘珠病院に到着した。ヘリに搭乗していた救命医がストレッチャーを押しながら初療室に入る。

「神崎《かんざき》鏡《きょう》花《か》ちゃん。五歳。十五キロです。嘔吐をくり返して、脱水がひどいので生食を三〇〇ミリリットル入れてます」

待機していた医師たちがすぐにモニターを付け替えていく。

「鏡花ちゃん、病院に着いたからね」と綿貫が鏡花に呼びかける。

鏡花の腹部を見て植野が顔色を変えた。

「腹部膨満して、青黒くなってる」

「心拍一八〇、血圧七〇です……！」

モニターの数値を読み、綿貫も深刻な表情になる。

「小児外科の先生次第だけど、オペしないとダメかもしれない」

植野の言葉に、応援にきていた河本が「相談してきます」と初療室を飛び出した。

一気に緊迫した空気に呑《の》まれて突っ立ったままの志子田に、綿貫が言った。

「オペ室に電話して」

「え？」

「お前が電話すんだよ！」

「あ、はい」と志子田はスマホを取り出し、手術室にかける。

植野と綿貫が鏡花を診ながら、処置について話し合う。

綿貫が志子田を振り返った。

「オペ室行ける？」

「あ、はい」

「ベッド出しましょう」

植野の指示でストレッチャーが初療室を出ていく。

ぐんぐんと廊下を進むストレッチャーの横に並走し、志子田がスマホで手術室に患者の状態を伝えている。

「えっと……体温は……」

ストレッチャーを押しながら羽生が叫ぶ。

「三十九度」

「三十九度です！……え？」

志子田は綿貫たちを振り返った。「ちょっと待ってください！」

「？」

「……帝王切開が入りました」

綿貫はストレッチャーを止めた。

廊下の向こうに手術室の扉が見える。次の瞬間、『手術中』のランプが点《つ》いた。

「お、オペ室に緊急帝王切開が入ったそうです」

「オペ出し確認したんじゃなかったの！」と綿貫が志子田に詰め寄る。

「さっきは大丈夫だったんですけど……」

植野が綿貫を振り向き、言った。

「ＰＩＣＵに直行しよう」

「はい！」

「志子田先生」と今度は志子田へと顔を向ける。「オペ室チームに連絡を。スタッフは余剰あるはずです」

「はい！」

ストレッチャーが方向転換し、ＰＩＣＵに向かって走りはじめる。その後ろをスマホを耳に当てた志子田が追いかけていく。

ストレッチャーがＰＩＣＵに入るとほぼ同時に、小児外科科長の浮田を連れ、河本が駆け込んできた。

「なんで受けちゃったんだよ……」

浮田はブツクサ言いながら、ベッドに移った鏡花のエコー映像を確認しはじめる。

「羽生さん、オペ室空いたか聞いてきて」と植野が羽生に指示したとき、浮田が言った。

「無理だ。手術はできない」

「は」と綿貫が浮田をにらみつける。

「腹部エコーで大量の腹水が認められる。おそらく搬送中に消化管穿孔《せんこう》したんだろう」

考え込む植野に向かって、「俺たちにできることはない」と浮田は断言した。

「訴えられるのが怖いんですか?」

挑発するような綿貫の物言いに、浮田は苛立ちをあらわにした。

「開腹するってことは、この子を殺すってことだぞ!」

「東上先生は?」と植野は東上へと顔を向ける。

「ERも……同じ意見です」

残念そうに東上が返す。鏡花の脈を確認していた今成が、駄目を押すように言った。

「全身麻酔に耐えられんかもしれんな」

「手術せずに、全身状態の回復に努めよう」

そう決断した植野に、すぐさま綿貫が異議を唱える。

「手術せずにどうやって回復させるんですか。どんどん悪くなりますよ」

「気管挿管の準備をお願いします。中心静脈ラインをとるぞ。動脈ラインもとる。末梢ラインもとろう。カテコラミンのオーダーと輸血のオーダーもしてくれ!」

綿貫はそれ以上抗《あらが》うことはなく、植野の指示に従い動きだす。いっぽう志子田は邪魔にならないよう、ベッドの上で苦しむ鏡花の汗をぬぐうことくらいしかできない。と、鏡花が志子田の袖を弱々しくつかんだ。

「……ママ」

消え入るようような声でつぶやく鏡花に志子田は顔を近づける。

「ママ？　近くにいるよ」

次の瞬間、鏡花は口を覆っていた酸素マスクを手で払い、吐血した。志子田の顔に血しぶきが飛ぶ。

「!?」

即座に植野が指示を出す。

「生食、ポンピングで三〇〇ミリリットル。O型血ノンクロスで！」

「血圧下がってきました」

羽生の声に、植野は少し考える。

「……昇圧剤投与、ノルアドレナリンを〇・一ガンマから開始。落ち着いたら気管挿管しよう」

しかし、気管挿管し、気道を確保しても鏡花の血圧は下がり続ける。

「戻らないね。ノルアド〇・五まで上げて」

「血圧下がり続けています」

半ばあきらめたような綿貫の声と同時にモニターからアラームが鳴り響く。一同が一斉に振り向くと、心電図波形はVF（心室細動）、Aライン波形はフラットになっている。

「心マして」

「はい！」

綿貫が鏡花の胸に手を当て、心臓マッサージを開始。羽生は除細動器の準備にかかる。

「準備できました」

「かけよう。離れて」

パドルを手にし、植野が皆を離れさせる。

「一、二、三」

電気ショックをかけられ、鏡花の小さな身体がビクンと跳ねる。志子田は思わず目をつぶった。

すぐに綿貫が心臓マッサージを再開するが、心拍は戻らない。

「もう一回」

ふたたび鏡花の心肺機能を目覚めさせるべく電気ショックが与えられる。鏡花の身体が跳ね、東上の手が頸動脈《けいどうみゃく》に伸びる。

「心静止。心マ再開」

「代わります」と綿貫に言い、植野が鏡花の胸に手を置いた。

「まだ、まだだよ」

昏睡《こんすい》状態の鏡花に呼びかけるように声をかけながら、植野は強く胸を押しつづける。

「大丈夫、大丈夫……戻ってきて。大丈夫、戻ってきて。戻ってきて、戻ってきて……」

その様子を志子田は傍観者のように眺めることしかできない。

「……」

「先生、もう」と東上が植野の腕をとる。「……一時間経ちました」

植野がゆっくりと動きを止めると、鏡花の手がぶらんとベッドの外に落ちた。

志子田がぼう然とその手を見つめている。

医局に戻った綿貫は震えはじめた両手を抑えた。壁に背をつけたままズルズルとしゃがみ、懸命に呼吸を整える。

すでに鏡花は遺体安置室へと移され、ふたたび無人となったPICUに志子田が戻ってきた。鏡花の血で汚れた床や機材を時間をかけてきれいにしていく。

ベッドを磨きながら、脳裏には鏡花の声や苦しげな表情、命の灯《ともしび》が消えた瞬間の力なく下がった手の様子などが次々とよみがえる。

「……」

耐えきれず、志子田はその場にしゃがみ込んだ。

その様子を、植野がじっと見つめている。

「……しこちゃん先生、それ終わったらミーティングですよ」

志子田は背を向けたまま植野に応えた。

「はい」

*

ミーティングルームにはPICUの四人だけではなく東上、今成ら鏡花の処置に当たった全員が顔を揃えた。末席には河本の姿もある。

植野はホワイトボードの前に立つと、「みなさんの記憶が新しいうちに」と鏡花の病状の変化を時系列に沿って書きはじめる。

「鏡花ちゃんが腹部膨満を訴えたのが、先週の火曜日。この時点で我々ができることがあったでしょうか？」

植野の問いに今成が即答する。「ない」

「そうですね。次に進みましょう」

志子田はメモ帳を開き、ホワイトボードに書かれた情報を書き写していく。

「稚内の病院に搬送されたとき、我々ができることは？」

すぐに東上が口を開く。

「うちのERの科長とあそこのERの科長はたしか同窓です。もっと頻繁に病院同士が情報交換していれば、もっと早くうちに搬送できた可能性がありります」

「いい意見ですね。参考にしましょう」

植野はホワイトボードに東上の意見を書き足す。

「搬送ルートについてはいかがですか？」

植野が記す搬送ルートを見ながら、今成が言った。

「今回のこのルートが最短じゃねぇか」

「ジェット機が使えるわけじゃないですからね」と浮田が同意。

「そうですね」と植野もうなずいた。

ものすごい勢いでホワイトボードを埋めていく植野の板書を、志子田は懸命に追いかける。余白がなくなるまで書き込むと、植野はようやく手を止めた。

一同を振り向き、植野は訊ねた。

「質問です。生存ルートはあったでしょうか？」

真っ先に答えたのは羽生だ。

「難しいと思います」

綿貫がそれに続く。

「私も難しいと思います。そもそもかかりつけ医が最初に軽症だと判断を誤ったのが問題の発端です。そうなると稚内から搬送されてきた時点で、すでに敗血症性ショック状態でしょうし、我々ができることはなかった」

「できるとしたら……メロペネムとか打ったほうがよかったかもしれないけどね」

そう言う浮田に、今成がすかさず
「いやいや前の病院で抗菌薬を打ってるから」

と言い返す。

「分かっていますよ。でも……」

と浮田も反論を続けようとする。そんな二人に植野は「たしかに」とはっきりした声でいさめると、「次は試してみます」と言った。

「次は」という言葉がのどに刺さった小骨のように志子田の心に引っかかる。

鏡花ちゃんに「次」はない……。

志子田が波立つ心をもてあましているなか、議論はどんどん進んでいく。

「やっぱり、開腹手術は厳しかったですよね」

「それは絶対に無理だったね」

「ほかの広域スペクトラムの抗生剤は――」

「あの……」

議論をさえぎる声に振り向いた一同は、志子田の顔を見てギョッとした。志子田は涙を流していたのだ。

あきれるように綿貫が言う。

「泣いて、何になるの」

しかし、志子田の涙は止まらない。

「さっき……女の子が亡くなったんですよ。僕の袖をつかんで……ママって言ったんです……どうしてそんな、何もなかったように淡々と話せるんですか？」

「……」

「おかしくないですか。人がひとり死んじゃったんですよ？……さっきまで……生きてたんです」

「志子田先生」

優しい口調で植野が言った。

「亡くなったから話すんです」

「……」

「人間がひとり死んでしまったから、まだみんなの記憶の新しいうちに、正しい情報が集められる今のうちに考えるんですよ」

「……」

「どうしたら助かったのか、次に同じことが起きたら確実に助けられるように、僕たちは経験を自分の血と肉にするために話すんです。分析するんです」

植野はうつむく志子田にあらためて問う。

「もう一度質問です。生存ルートはあったでしょうか？　志子田先生」

顔を上げずに志子田は答える。

「……難しかったと思います」

「いいえ」と植野は返した。「一つだけありましたよ」

志子田が顔を上げ、ほかのみんなも植野を見つめる。

植野はゆっくりと言った。

「PICUがここにあると、北海道中に周知されていれば」

「……」

「稚内の救命医たちがここにPICUがあることを知っていれば。いや、救急隊が知っていれば、おそらくここに真っすぐ電話したでしょう。その場合、待機の四時間は消失します。そして、もしジェット機が運用されていたら、最短四十五分でこの病院に到着していたはずです。その場合、ショックにはなっていたかもしれませんが、治療に反応するショックで済んだはず……」

ふいに言葉に詰まった植野の目にみるみる涙がにじんでいく。

そんな植野を、綿貫がじっと見つめる。

「……どうしたらよかったか、反省して反省して、考えて、考えて……」

こらえきれず、植野の目から涙がこぼれる。

「……」

「一緒に考えましょう。君の記憶が新しいうちに」

志子田は植野にうなずいた。

「……はい」

窓から射す朝陽が自席にぼんやり座る志子田の横顔を照らしている。帰り支度を終えた綿貫がデスクから立ち上がった。

「泣いてあの子が生き返るなら、私も泣いてるわ」

そう言い捨て、医局を出ていく。入れ違うように植野が顔を出した。

「志子田先生」

「……はい」

「お腹空かない？」

「え？……」

＊

ファミレスにでも行くのかと思いきや、植野に連れていかれたのは札幌駅だった。ワケもわからず特急列車の座席で向かい合い、今、こうしてガタゴトと揺られている。

「ほら、食べて」

差し出された駅弁を、「ありがとうございます」と受けとったものの、すぐに食べる気にはならない。

「あの……」と志子田はおずおずと訊ねた。「これはどこへ向かってるんですか？」

「ん？」と弁当から顔を上げ、植野は言った。「最初に鏡花ちゃんを診察したかかりつけのお医者さんのところ」

志子田はぼんやりと綿貫の言葉を思い出す。

「かかりつけ医が最初に軽症だと判断を誤ったのが問題の発端です」

だからといって、わざわざ五時間かけて稚内まで……。

植野の意図はまるでわからなかったが、肉体的にも精神的にも疲れ切っていて、頭が回らない。


最寄り駅からバスに乗り換え、バスを降りてさらに二十分ほど歩き、ふたりはようやく目的の病院にたどり着いた。

『山田医院』と記された看板がかかげられたその古びた建物は、病院というよりも診療所という名称のほうがしっくりくる。

老看護師に案内され、ふたりはなかへと入る。通されたのは診察室だった。周囲には壁際にサビの浮いたスチール製のデスクが置かれ、逆側には簡易ベッド。埃《ほこり》をかぶった医療機器が並んでいる。

ドアが開き、頑固そうな面構えの老医師が入ってきた。院長の山田透《やまだとおる》だろう。分厚いメガネの奥に小さな目が覗く。

「山田先生、初めまして。丘珠病院の植野と申します」

植野にならい、名乗ってから志子田は頭を下げる。

「どうぞおかけください」

足が悪いのか、山田はゆっくりとデスクに歩み寄り、来客用の椅子を差し出そうとしたが、バランスを崩してしまった。その拍子に、ペン立てを床に落としてしまった。それを拾おうと山田がかがんだ。志子田もしゃがみ、拾うのを手伝う。

「……すみません」

背を丸めたまま、山田はふたたび謝った。

「申し訳ございません」

「……」

「……私が誤診したせいで、こんなことに……鏡花ちゃんになんてお詫びしたらいいのか……」

声を詰まらせる山田に、植野が言った。

「先生、頭を上げてください」

しかし、山田はそのまま土下座の体勢になり、頭を床にこすりつける。

「すみません……私がちゃんと診ていれば」

「……」

「……ごめんなさい……ごめんなさい……」

苦しそうに身体を丸め、念仏を唱えるように詫びつづける山田を、戸惑いながら志子田が見つめる。

「先生を責めるために参ったのではないんです。私たちはご挨拶にきたんです」

ようやく山田が顔を上げた。その前に植野が名刺を差し出した。

「……?」

山田が『丘珠病院　PICU　小児集中治療科　植野元』と記された名刺を受けとる。

「お話を聞かせてください。鏡花ちゃんはどんな様子だったのか。私たちもこれからの治療のために学びたいんです」

「ちょっと待ってください。カルテを……」

棚から日付順にまとめられたカルテのファイルを取り出し、山田がめくっていく。

「あ、これです」

渡されたカルテに植野がじっくりと目を通していく。

「……なるほど。腹痛はもう激しかったんですね」

「はい」

「もしかすると、ご両親にひと言、夜でもご心配なときはご連絡くださいとお声がけしていただいてもよかったかもしれません」

「ちょっと待ってください」

山田はノートを取り出し、植野の助言をメモしていく。その隣で志子田も植野の話に耳をかたむける。

メモを取り終えた山田に植野は言った。

「山田先生。ＰＩＣＵを作るのに三年もかかってしまいました。もっと早くできていればこんな結果にはならなかったはずなんです。だから、ご自分だけを責めないでください。なんでも相談してください」

「……」

「必ず、お力になりますので」

病院の外まで見送りに出ると、山田はふたりに言った。

「こんなところまでわざわざ来てくれて、ありがとうございました」

腰を折る山田に会釈し、植野は踵《きびす》を返した。志子田もそのあとに続く。少し歩いて、ふと振り返ると、山田はまだ頭を下げている。

「先生！」と志子田は思わず声を発した。「頭、上げてください」

顔を上げた山田に向かって、志子田は言った。

「お身体に気をつけて」

山田は微笑み、小さく手を振った。


寂れた小さな駅のホームのベンチに座り、志子田と植野が列車を待っている。

「食べる？」

植野から差し出されたチョコレートを受けとり、志子田はそれを口に入れた。

「……怒るのかと思いました」

「ん？」

「ここまで殴り込みにきたのかと」

「そんなことしないよ」と植野は苦笑する。

「でも、カンファで」

「山田先生に責任がないわけじゃない。でも、彼を責めたって鏡花ちゃんが生き返るわけじゃないですから」

「……」

「僕たちがすべきことは、いろんな病院に行って名刺を配る。『いつでも相談してくださいね』って伝える。それが北海道中にＰＩＣＵを周知させるってことだから」

「……先生はこれを、今までずっとやってらっしゃるんですね」

「そうだねえ」と植野は遠い目になる。

「……これも医者の仕事なんですね」

「ええ」

「……これからもいろんな土地に？」

「北海道が最後かな」

強い決意を込めて、植野は続けた。

「ほかの地域は後輩たちがやってくれてるし、ここが最後」

「……僕は初めてでした」

「？」

「こんなに自分がバカだと思ったのも、嫌いになったのも、患者が亡くなるところを目の前で見たのも、人前で声を出して泣いたのも……全部、初めてでした」

「……」

「僕がひとりの医師としてカウントされるのはもったいないです。何もできないのに」

自嘲する志子田に植野が訊ねる。

「人が大好きだから、人が死ぬのが嫌なんじゃないですか？　君は」

「え？……」

「三年前、星野沙羅ちゃんが亡くなって、鮫島知事が僕のところに来たんです。そのとき一通の手紙を見せてくれてね。彼女がＰＩＣＵを作ろうと思ったきっかけの手紙だと」

そう言って、植野は懐から出した手紙を志子田に渡した。

見覚えのある封筒を、志子田は不思議そうに眺める。

「今どきの若い研修医にもこんな熱い思いを抱いている人がいるんだって、驚きましたよ」

「……」

「怒りやもどかしさがにじみ出てました、この手紙には」

人生のほんのちょっとのタイミングですれ違っただけ。一瞬、目が合っただけ……そんな些細《ささい》な、触れ合いとも言えない出来事だったけれど、沙羅の死は志子田にとって大きな衝撃だった。

医師という人の生き死にに関わる仕事につくことへの覚悟を問われるような……。

自分でもよくわからない深い悲しみと怒りを叩きつけるように、沙羅の死を知ったあの日、志子田はその手紙を書いたのだ。

「だから、君をＰＩＣＵに呼んだんです」

志子田は立ち上がり、植野を見つめる。

「……俺」

「……」

「……この日、初めて本気で医者になりたいって思ったんです」

植野は温かな眼差しで志子田に微笑む。

「僕は、いいことだと思うよ。初めては」

「……はい」

最果ての地に沈む夕陽がふたりの横顔を照らしている。

2

志子田家の食卓を囲み、矢野、桃子、河本の幼なじみ四人がカニ鍋をつついている。

「うっま、うっま」とハイペースでカニをむさぼっていく志子田に、「ひとりで食べすぎなんですけど！」と河本が軽くキレる。

「俺がさばいたんだぞ。食べやすいように切れ目も入れてやってさ」

「悠太のためにお父さん持ってきたんだよ」

そうだった……このカニを提供してくれたのは、悠太だった。

次のカニ足へと伸びかけていた志子田の箸が止まる。

「春から網走だもんね」と桃子がうなずく。「札幌から車で五時間でしょ」

「悠太は東京の大病院とかに行くと思ったのに」

「いや、奨学金返済しないわけにいかないからさ」と矢野が河本に返す。「ずっとってわけじゃないし」

女性ふたりの無言の圧に、「……ほら食え」と志子田が矢野の取り皿にどんどんカニを入れはじめた。まるで料理店の鍋のようにきれいに半身を覗かせるカニ足を箸でとるのを見て、「器用だな」と矢野がつぶやく。

からかうように桃子が言った。

「お母さんのために料理練習したんだよね」

「マザコンみたいに言うな」

「マザコンは悪いことじゃないでしょ」と河本がまぜっかえす。

「しょうがなくやってやってんだよ。母ちゃん料理が下手っつーか、手際が悪くてさ」

隣の和室から、「家事ってのは、料理以外にたっくさんあるの！」と南の声が飛ぶ。

「うっせえババアだなあ。地獄耳！」

叫び返す志子田に、「中二か」と矢野が笑う。

「ここ離れたくないから、東京じゃなくて家から近い病院にしたくせに」

ふたたび桃子に揶揄《やゆ》され、「違うよ」と志子田はムキになって否定する。「あのな、うちは貧乏で家賃を節約するために仕方なく――」

「強がっちゃって。子どもだねえ」と河本はまるで相手にしない。

和室の戸が開き、南が居間に入ってきた。

「あー、昔は可愛かったのにな」

そう言いながら一同に差し出したのは古いアルバムだった。身を乗り出すようにして開かれたページを覗き込んだ桃子が吹き出す。

真っ裸で寝ている赤ん坊の志子田の写真が見開きで貼られている。

「もー!」と慌てて志子田が取り上げようとするが、矢野がすばやくガードして、三人でアルバムをめくりはじめる。

「おいっ!」

おむつ姿の志子田は徐々に成長し、自分たちの知る子ども時代となった。南に抱きついている写真に「やっぱマザコンだ」と皆は盛り上がる。

観念し、志子田も一緒になってアルバムを見始めた。

小学校時代の四人が写った写真を眺めながら、感慨深げに南がつぶやく。

「こんな子が小児科の先生になるなんてねえ」

「武四郎は小児科向いてると思いますよ」

矢野が言うと、「私も」と女性陣が声を合わせた。

「なんだお前ら」

「あらら、見抜かれちゃってんだね、優しいのが」と南が志子田の頭をナデナデ。

「気持ち悪いな! やめろ!」

振り払おうとする息子の頬を、南は両手でパチンとはさんだ。

「痛った！」

「いいお医者さんになりなさいよ！」——。

洗面台から顔を上げ、ふいによぎった一年前の思い出から志子田は現実に戻る。

鏡に写る自分の姿をにらみつけるように見つめ、両手でパチンと頬を叩いた。


「おはようございます！」

元気よく医局に現れた志子田に、「あれ？」と羽生は怪訝そうな顔を向けた。

「今日、たしか休みだよね？」

「はい、休みです！」

「あ、昨日のお土産届けにきてくれたんだ!?　稚内の」

「あ、いや……」

手ぶらだと知り、羽生の機嫌は途端に悪くなる。

「じゃ、何しに来たのよ」

「僕にも何かできることがあればと思いまして」

自席で綿貫がボソッとつぶやく。

「辞めてなかったんだ……」

聞き逃し、「え？」と志子田が綿貫を振り返る。すかさず羽生が綿貫に訊ねた。

「綿貫先生は休まなくていいんですか？　三十過ぎてメイク落とさないと肌ボロボロになっちゃいますよ～。昨日も寝てないんでしょ」

羽生はデスクに重ねられた書類の束からパソコン画面へと視線を移す。どうやら鏡花のケースを自分なりの資料としてまとめていたようだ。

志子田が綿貫に言った。

「僕にできることがあれば、なんでも言ってください」

「帰ったら？」と即答されるも志子田はめげない。

「ひとりでも人手が多いほうがいいじゃないですか」

「ひとりにカウントできるとは思わないけど」

「……」

綿貫は席を立ち、「顔洗ってきます」と医局を出ていく。

肩を落とす志子田を見て、羽生が言った。

「そうね。ギリギリ半人前かどうかって感じだもんね」

「……よーし、今日もみんなキレッキレだ……」

「あ～、人が足りない足りない」

ぼやきながら羽生は手を合わせ、祈る。

「頑張れよ、植野元！」

その頃、植野はイベントホールの会議室で北海道中から集まった十数名の医師たちに片っ端から名刺を配っていた。

知事に頼んでいた北海道におけるＰＩＣＵ推進に向けた意見交換会がようやく実現したのだ。

名刺を配り終えたとき、怜悧《れいり》な光を瞳にたたえた四十代後半の男が入ってきた。札幌共立大救急科科長の渡辺純《わたなべじゅん》だ。

談笑していた医師たちが一斉に口をつぐみ、奇妙な静寂が会議室を包む。

しかし植野は気にすることなく、いいきっかけだとばかりに一同に向かって話しはじめる。

「今日はみなさんにお願いしたいことがあり、お集まりいただきました」

「人材の件でしょ？」と植野の目の前の席にいた五十代の医師が口を開いた。「苦労されているとは聞いていています。お役には立ちたいのですが……」

言葉をにごす医師をフォローするように隣に座る同年代の医師が言った。

「立ち上げは難しいですよ。どこも人手不足ですから」

そこに渡辺が割って入った。

「みなさん、はっきりおっしゃったらいいじゃないですか。自分のスタッフを差し出す気はないって」

「……」

「PICUには経験と実力を兼ね備えたスタッフが必要だ。そんな人材、僕らだって手放すわけないでしょう」

「みなさんが多大な働きかけをされていたことは――」

皆まで言わせず渡辺が植野のあとを引きとる。

「でも、北海道は何も動かなかった。そのくせに有名子役が亡くなった途端、知事は動いた。ほかの子どもの命をなんだと思ってるんでしょうね」

「たしかに乱暴だったかも――」

植野をさえぎり渡辺は続ける。

「鮫島知事のやってることは選挙に向けての票集めでしかない。先生は利用されてるんじゃないですか?」

しんと静まり返る会場を見渡し、植野は訊ねる。

「……みなさんもお考えは一緒なんですか？」

気まずそうにするだけで、医師たちはつぐんだ口を開こうとしない。

あきらめ、植野はふたたび話しはじめる。

「お手元の資料をご覧ください。先日も稚内から患者さんが搬送され、死亡した悲しいケースが」

「私たちのせいだって言うんですか？」

感情的になる渡辺に、「それは違います……」と植野は戸惑う。

「道が今まで動かなかったせいで、私たちは何度も悔しい思いをしてきた。あなた方がＰＩＣＵのために湯水のように使ったお金は、どこかの病院に与えられるはずだったものなんです。そのせいで亡くなる子どもが出るかもしれないですよね。人やお金を一か所に集めるということは、そういうことです」

「……」

北海道の医師会で大きな力を持つ渡辺の発言で、意見交換会の流れは決まってしまった。その後、植野がいくら言葉を尽くしても、丘珠病院のＰＩＣＵへの人材派遣に関して前向きな意見は一つも出なかった。

「はあ？？？　ひとりも集まらなかった？」

朗報を持ち帰ることなくＰＩＣＵに戻ってきた植野に、羽生は声を荒らげた。

「すみません……」

「長野のときよりひどいじゃないですか。ちゃんと説得したんですか？」

「いや、僕なりに頑張ってるんですけど」

「僕なりだからダメだったんじゃないですか、もう！　猫の手も借りたいのに」

すかさず志子田が手を挙げる。

「僕が代わりになんでもやります！」

「本物の猫の手はいらないのよ」

切れ味鋭い毒舌に、志子田はしゅんと手を下ろした。

羽生はポケットからメモ帳を取り出し、植野に見せつけるかのように必要な人数を書き出しはじめる。

「看護師は八人。技師、麻酔科医も常駐してくれないとダメだし。クラークさんとできれば看護助手さんも……あ、臨床工学技士さんと薬剤師さんも常駐してもらいたい」

羽生は植野にメモを突きつけ、言った。

「今だと一床が限界。いや、一床すらままならない」

植野はメモから目をそらし、志子田へと顔を向けた。

「しこちゃん先生」

「はい！」

「先生は帰ってもらって結構ですよ」

「え？」

「お休みの日はしっかり休まないと。いざというときに疲れちゃったら意味がありませ
ん……ね」

優しく言い含められ、志子田はすごすごとＰＩＣＵを去った。

正面玄関を出たところで道の向こうを走り去るバスが見えた。タッチの差で置いてい
かれ、志子田は恨めしげにバスを見送る。バス停で時刻表を確認すると、次のバスまで
十五分ほどある。志子田はベンチに座り、スマホを取り出した。
回線がつながり、矢野の声が聞こえてきた。
「……もしもし」
「おお、悠太。ごめん、勤務中？」
「少しだけなら大丈夫。どうした？」

「ごめん。大した用じゃないんだけど」

「なんだよ。元気ないじゃん」

「……お前、すごいな。俺が落ち込んでるの、なんでわかるの？」

「わかるよ、誰でも」

「あのさ、なんでもやるって言ってんのに、家に帰らされたからね」

「帰してくれるなんて、優しいじゃん」

「全然頭数に数えられてないから」

そう言って、志子田は大きく一つため息をつく。

「悠太だったら、きっとここでもうまくいくんだろうな」

「……そんなことないよ」

そのとき、目の前をサイレンを鳴らした救急車が走り去った。

「……うちに来るかも」

「大丈夫か？」

「ごめん、俺から電話しといて」

「大丈夫」

「ごめん！」と電話を切り、志子田は病院裏に向かって駆け出す。

いっぽう、スマホを手に医局に戻った矢野は先輩医師の怒声に迎えられていた。

*

救命救急入口前にはすでに救急車が到着していた。患者を受け入れている救命医たちに、「PICUの志子田です！」と叫びながら一緒に院内へと駆け込む。

ストレッチャーには小学一年生くらいの男の子が乗せられていた。続いて救急車から母親と姉らしき少女が降りてくる。

救命救急のフロアには要請を受けた植野と綿貫の姿があった。東上ら救命医と看護師たちにストレッチャーを引き渡しながら、救急隊員が患者の情報を伝える。

「沢渡《さわたり》理玖《りく》くん、七歳。左肩全体に重度の熱傷です」

痛みにうめく息子を見て、母親の京子《きょうこ》が思わず駆け寄る。

「理玖……！」

その後ろから姉の莉子《りこ》も心配そうに覗き込む。

「お母さん、すいません」と看護師の虎田が京子を制した。

「先生、助けてください！　お願いします」

京子がそばにいた志子田にすがる。息子を失うかもしれないという恐怖から身体が震え、パニック状態に陥っている。

「……お母さん、深呼吸しましょう」と志子田が声をかける。

「助けてあげて。なんとかしてください……この子たちは何も悪いことしてないんです。私が仕事だったからお留守番させてて……」

涙を流しながら、言葉を詰まらせる京子を見て、植野が言った。

「志子田先生、お姉ちゃんとお母さんについてあげて」

「はい!」

初療室へと入っていくストレッチャーを見送り、「こちらへ」とふたりをベンチに座らせる。どうやら姉のほうも軽い火傷を負っているようだ。

「怖かったね。もう大丈夫だよ。怪我の手当、先生がやるね」

ショックが大きいのか莉子は黙ったまま反応しない。

羽生が駆けてきて、初療室へと入っていく。

初療ベッドの上で痛みにうめく理玖に綿貫が気管挿管していく。

「血管が見えない……」

河本がルート確保にてこずっているのを見て、「代わります」と羽生が声をかけた。

細い血管をすばやく探り当て、針を進めていく。

「ルート入りました」

「麻酔追加してあげよう」と今成が処置をしている東上に声をかける。「体重二十五キロくらい？」

「はい、そうです」

「ケタミンを五〇ミリグラムお願い」

そこに浮田が駆けつけた。東上が浮田に場所を譲る。

「先生、左肩から一面です」

一瞥し、「ひどい火傷だな」とつぶやき、浮田が理玖に声をかける。「ちょっと見せてね。痛いね。河本、ワセリン塗ってあげて」

「はい」

浮田は慎重に理玖の火傷の状態を診ていく。

「化学繊維が貼りついてるね」

「……サッカーウエアですかね」と河本が返す。

「肩から腹部にかけて四十％、全身の二十％がたぶん二度か三度かも……三度だったら皮膚移植かもしれない」

「よく見ておきます」と植野が答える。

ふたたび浮田と入れ替わった東上が処置をしながら植野に言った。

「現在、出火原因はわからず、消防署の見立てでは火遊びではないかと」

「……火遊びではなく料理をしていた可能性はありませんか？」と綿貫が口を開いた。

「小学生なら十分コンロに手が届きます」

「たしかに……」

「もし料理をしていたとすると、油が付着して理玖くんの身体に火が広がるのも速かったのかもしれませんね」

「料理となると、お姉ちゃんのほうか……」と植野がつぶやく。

そのとき、モニターが警戒音を発しはじめた。

東上の顔色が変わる。

「ショックだ」

植野、綿貫、東上が瞬時に対応していく。

初療室前のベンチで莉子の手当てを終えた志子田が言った。

「はい、ほかも見せてもらえるかな?」

苦しげな表情で黙っている莉子に、さらに続ける。

「莉子ちゃん、お口開けてごらん」

「あああ……」

莉子が口を開けた途端に、引き攣かれたような声が漏れる。志子田は血相を変えて聴診器を胸に当てた。


「先生、莉子ちゃんが!」

駆け込んできた志子田から話を聞き、植野と羽生は初療室を飛び出した。

ベンチで苦しむ莉子を植野が診ていく。

「気道熱傷かもしれません」と心配そうに志子田が言う。

「大丈夫だよ。すぐ楽になるからね」

莉子に声をかけながら、植野は羽生に言った。

「気管挿管の準備」

「はい」

志子田は莉子をストレッチャーに乗せた。

「頑張れ」

志子田が声をかけると、痛みと苦しみに懸命に耐えていた莉子の目から涙が流れた。

＊

今成をまじえてＰＩＣＵの面々がミーティングルームで打ち合わせをしていると、看護師を連れた東上と鈴木、そして浮田が入ってきた。

「頑張ってるね、志子田先生」と鈴木がかつての部下に声をかける。

「科長！」

東上と鈴木が助っ人看護師を連れてきたことで、羽生の顔が輝いた。

「本当に、ありがとうございます！」

「で、状況は？」と浮田が植野に訊ねる。

「お姉ちゃんの莉子ちゃんが気道熱傷により声帯が狭窄《きょうさく》し、呼吸しにくくなっています。間膜穿刺《かんまくせんし》の処置をし、現在は安定しています」

「なんで気づかなかったんだろうな？」

今成の疑問に志子田が答える。

「救急隊員には呼吸に異常がないと伝えていたそうです」

「お母さんもびっくりしちゃってしゃべれないんだと思ってたと」と東上が言い足す。

「ずっと我慢をしてたってこと？」

つぶやき、綿貫は首をかしげた。「かなり苦しかったはずだけど」

志子田は静かに涙を流す莉子を思い出しながら、彼女の気持ちを考える。


「虐待って言いたいんですか!?」

事故の状況を病院職員に細かく質問され、京子が声を荒らげた。通りがかった鈴木が興奮する京子を慌ててなだめる。

「いやいや、みなさんにおうかがいしないといけないんですよ」

「子どもたちがこんなことになって、虐待なんて……」

その様子に心を痛めながら、志子田は莉子のもとへと向かった。

莉子はＰＩＣＵのベッドに横になっていた。呼吸器につながれてはいるが、さっきよりもだいぶ顔色はよくなっている。

「大丈夫？　呼吸は楽になった？」

莉子は志子田にうなずいてみせる。

「ずっと苦しかったんでしょ？」

莉子は小さく横に首を振る。

「……莉子ちゃん、理玖くんのことが心配だよね？　莉子ちゃんが今どうなってるとか、何があったとか、そういうことがわかると莉子ちゃんの治療にも、理玖くんの治療にも役に立つんだ。お母さんもすごく心配してるから、教えてもらえないかな？」

引き結んだ唇がかすかに震え、涙が目にたまる。

何かを話そうとするが声が出ない莉子に、「ちょっと待ってね」と志子田は備品ケースからメモ帳とペンを持ってきて手渡した。

莉子が受けとり、ぎこちなくペンを動かしはじめる。

『全部わたしのせい。わたしのせいでりくがやけどした。ごめんなさい』

書き終わったそのメモを、志子田は切なそうに見つめる。


ミーティングルームに戻るとＰＩＣＵで子どもたちをみている綿貫以外はまだみんな残っていた。志子田は莉子から聞いたことを報告する。

「莉子ちゃんはお腹がすいていた理玖くんのリクエストで冷凍のチキンナゲットを揚げようとしたんです……」

熱した油にナゲットを入れたタイミングで理玖がそばにやってきて、跳ねた油が服にかかってしまった。

理玖は慌てて油のついた服を脱ごうとしたが、それがフリース素材だったために引火。あっという間に燃え上がった――。

「火傷の範囲が狭かったので気づきませんでしたが、莉子ちゃんも火元の近くにいたようです。結果、熱気により気道熱傷し、声帯が狭窄したのかと」

「よく聞き出せたな」と今成は感心する。「にしても、弟のためにずっと苦しいのを我慢してたなんて……」

莉子の健気《けなげ》さに一同は胸を打たれた。

理玖と莉子の治療についての細かな検討を終え、ミーティングは終了。席を立った志子田に植野が歩み寄る。

「しこちゃん先生、今回は莉子ちゃんのこと、よく気づきましたね」

「いえ……莉子ちゃんの様子見てきますね」

ミーティングルームを出ていく志子田を見送ると、今度は浮田に声をかけた。

「先生、ありがとうございました」

「べつに。仕事ですから」

「はい」

「俺たち小児外科もやれることはやる。でもね、うちだって人は足りない。ほかの科も、どこもそうだ」

「……はい」


ＰＩＣＵでは綿貫が理玖と莉子のベッドを往復しながら、モニター数値の変化をチェックしていた。

「綿貫先生、休憩とってください。代わりますよ」

志子田の申し出を綿貫はすげなく断る。

「結構です」

「でも」

「命に関わる患者なので。大丈夫です」

「……」


医局に戻り、植野と今成と一緒にコンビニ弁当を食べながらさっきの綿貫とのやりとりについて、志子田はムッとしたように訊ねた。

「俺が悪いんですか？」

「ワケわかってないヤツに触れられると怖いってことだろ」と今成が何も考えずに志子田の胸をグサッと刺す。

「……」

慌てて植野がフォローに回った。

「機嫌が悪かったとかね、そういうこともあるから」

「そうですよね。プライベートとかもありますもんね」

「そうそう」

「綿貫先生って裁判やってんだろ？　詳しくは知らないけど」

今成が話題に出したので、志子田は植野に訊ねた。

「綿貫先生、前の病院で訴えられちゃったんですか？」

「それは……」と植野が口ごもる。

「なんか患者にしちゃったのか」

興味津々で今成が訊ね、志子田もつい身を乗り出す。

そんなふたりに植野は少しあきれてしまう。

「……私が言うのもあれですが、おふたりともあんまりモテるタイプじゃないですね」

今成が顔色を変えた。「こちとらバツ2だぞ！」

「いい男って言われてますけど」

妙なプライドをのぞかせる志子田を今成がからかう。

「どうせ、かーちゃんだけだろ。言ってんの」

「……違いますよ。いろんな人」

「誰だよ。言ってみろよ」

「……バスガイドさんとか？」

これでも母の同僚たちからは人気があるのだ。

もっとも、一番そう思ってほしかったバスガイドには、男としての魅力は伝わらなかったみたいだが……。


「じゃ、帰るな」

軽く手を上げ、去っていこうとする今成に植野は思わず声をかけた。

「今成先生、僕たちと一緒にやっていきませんか？」

「ＰＩＣＵに入れって？　小児は自信がないんだよ」

「今回も前回も今成先生は非常に正確な麻酔を行われました。うちには不可欠な才能です」


「無理だって、ほかの仕事もあるし。こう見えて俺、引っ張りだこなのよ」

だからこそ、その才がほしいのだ。

廊下を去っていく今成の背中を、植野は名残惜しげに見送った。


小児外科の業務を終えた浮田と河本をPICUに呼び、ふたりの今後の治療について打ち合わせが始まった。

「理玖くんはミダゾラムを投与して、現在、徐々に落ち着いてきています」

「いつ何が起きてもおかしくない状況だけどね」と浮田は慎重な姿勢を崩さない。

「あの……莉子ちゃんの声帯のほうはどうでしょうか？」

ずっと気がかりだったことを志子田が訊ねた。

「あの程度で済んでよかったよ。発話は問題なくできるようになる」

「よかった。声に問題なくて」

安堵する志子田に浮田が冷や水を浴びせる。

「いや、元には戻らないよ」

「え？」

「完全にはね。でも、発話ができれば上々だよ。このケースだと」

「手術すれば元に戻る可能性もあるんじゃないですか」

受け入れられず食い下がる志子田を、「志子田先生」と植野がなだめる。

そんな志子田に浮田が言った。

「難しいんだよ、小児の声帯は」

「……」


バス停のベンチに志子田と河本が並び、バスを待っている。院内のコンビニで買った肉まんをバクバク食べている河本に、志子田がボソッと言った。

「先生たち……なんか違くないか？」

「何が」

「なんか莉子ちゃんをないがしろにしてるっていうか」

「……あんたの気持ちはわかる。でも、私は何が正しいのかまだわからないな」

「……」

食べ終え、河本は袋を丸めてポケットに入れる。

やがてバスがやってきた。

＊

翌日、理玖と莉子の経過を伝えるため、植野は京子をミーティングルームに呼んだ。志子田と綿貫も立ち会っている。

「理玖くんは今朝になり、だいぶバイタルが安定してきました。急変することもあるので注意が必要な状況ですが、回復に向かっています」

京子の表情に光が射した。

「本当ですか？　ありがとうございます」

「莉子ちゃんなんですが」

植野は志子田を目で示し、続ける。「彼が異変に気づいてくれたおかげで、気道熱傷していることが判明しました」

京子は志子田にも礼を言い、植野に訊ねる。

「気道熱傷しているとどうなるんですか？」

「莉子ちゃんの場合は声帯が狭くなってしまい、硬くなって動きが悪いので、手術が今後必要になるかもしれません」

何を言われたのかうまく理解できず、京子はしばし考える。そうして、おそるおそる植野に訊ねた。

「あの子、合唱やってるんです……歌えますか？」

「……元のように歌うことは難しい可能性があります」

「そんな……」

京子の表情がゆがみ、今にも泣きそうな顔になる。

その様子に志子田は居たたまれなくなる。

沈黙のあと、絞りだすように京子は言った。

「あの子には、このこと言わないでください。これ以上、苦しめたくないので……」

「わかりました。この件はご本人には決して伝えませんので」

「よろしくお願いします」


ミーティングルームを出た一同がＰＩＣＵへと向かっている。

「手術に向けて浮田先生と打ち合わせしましょうか」

植野に言われ、「わかりました」と綿貫がうなずく。

「あの……」と志子田が口を開いた。「本当のことを言わなくいいんですかね？」

「……」

「ひょっとしたら、受けたい治療が変わってくるんじゃないでしょうか?」

「志子田くんの言いたいことはわかります。でもね、一番莉子ちゃんのことをわかっているはずのお母さんが、伝えるべきじゃないと判断したんです」

「植野先生はどう思われてるんですか?」

「僕も今はそのほうがいいと思っています」

「でも……」

納得できない表情の志子田に綿貫がぴしゃりと言った。

「自分に酔わないで」

「!……べつに酔ってません」

「担当医と親御さんで決めたの。あなたの意見が入る余地はないのよ」

「……」

莉子のベッドのかたわらには京子が寄り添っていた。

植野は莉子に顔を近づけ、声をかける。

「声帯ってわかるかな?」

莉子が「ここ?」と喉のあたりを手で触れる。

「そう。声を出すところ。そこに傷がついちゃったんだ。だから今、すごく声出しにくいよね」

莉子は植野にうなずいた。

「少しずつよくなるようにお薬で治療していくからね。喉の痛みはだいぶ楽になるはずだよ」

志子田が差し出したメモ帳に、莉子はペンを走らせていく。

『薬で声、なおるの?』

メモを見て、「もちろん」と植野は微笑む。「頑張ろうね」

「頑張ろうね、莉子」と京子が娘の手をとった。

母にうなずき、莉子は志子田へと視線を移す。

新たにメモ帳に走り書きし、莉子はそれを志子田に渡した。

『本当のこと言ってよかった。声、なおるまでがんばるね』

志子田は思わず目を伏せた。

その夜、勤務を終えた志子田は病院の図書室へと足を運んだ。医学書の蔵書を主としており、専門書が充実している。

気道熱傷について調べるも莉子同様の損傷から全回復したという例はなく、志子田は深いため息をついた。

とはいえ、莉子は順調に回復へと向かっていた。

呼吸器を簡易的なものへと替えながら、植野は付き添う京子に言った。

「酸素が取れましたよ」

「ありがとうございます」と京子もやや安堵の表情になる。

植野は莉子に訊ねた。

「ちょっと楽になってきたかな？」

うなずきながらも莉子は横目で志子田をうかがう。

志子田は笑みを返し、さりげなく視線をそらせる。

いっぽう、理玖の火傷のほうはまだまだ時間がかかりそうだった。処置のたびに苦痛にうめく声が聞こえ、莉子は自分のベッドで涙に暮れた。

夜、志子田が回診に訪れると莉子がボーッと天井を眺めていた。

「……寝れなさそう？」

「……」

枕元に置いてあるメモ帳を手にとり、莉子はすぐに何やら書きはじめた。

『理玖は？』

「ぐっすり寝てるよ」

ホッとしたように莉子は表情をゆるませた。

まだ罪悪感に小さな胸を痛めているのだろう。

そんな莉子の気持ちを少しでも軽くしようと志子田は語りはじめる。

「先生もね、お母さんが仕事で忙しかったからいつもお料理してたんだ。先生のお父さん、先生が小さいときに死んじゃって、お母さんが仕事も家のこともひとりでやってて……何か手伝いたいなと思って料理を始めたんだ」

志子田の話を莉子は真剣な眼差しで聞いている。

「喜んでもらえるのがうれしくて、一生懸命作ってたんだ。莉子ちゃんもでしょ？」

コクンとうなずく莉子に志子田は言った。

「莉子ちゃんのせいじゃないから。みんなわかってる」

莉子は何かを伝えようと口をパクパクする。

しかし志子田は、「今はちゃんと喉を休ませて」といなし、「おやすみ」と立ち去ろうとする。その時、ポンッと何かが志子田の背中に投げつけられた。床に落ちたタオルを拾い、志子田は言った。

「莉子ちゃん。ダメだよ、ちゃんと寝ないと」

莉子の目にみるみる涙がたまりはじめた。声を上げそうになって、呼吸も乱れる。

「莉子ちゃん、落ち着いて」

しゃべりたいのを我慢し、莉子はメモにペンを走らせた。

「……どうした？」

押しつけるように志子田にメモを渡す。

『理玖は？　先生、この声はなおりますか？　教えてください』

「！……」

わずかな逡巡《しゅんじゅん》のあと、志子田は言った。

「大丈夫だよ。ちょっとしたら治るよ」

「……」

『先生、目をそらした』と殴り書きし、莉子はそれを突きつける。

志子田は無視し、「今日はゆっくり休んで」と立ち去ろうとする。その腕をガシッと
莉子がつかんだ。さらにメモを書き、志子田に見せる。

『先生、私は歌えるようになりますか？』

「……」

『本当のこと、教えて』

すがるような莉子の瞳を見て、大人たちが隠そうとしている〝本当のこと〟が志子田の口からこぼれ出た。

「……おしゃべりはできるようになるけど、高い声で歌うのは難しいかもしれない」

「……」

「でも今、先生も治る方法を探してるからね」

こわばっていた身体から力が抜け、莉子はゆっくりとペンを動かした。

『教えてくれて、ありがとう』

「……おやすみ」

志子田は莉子が寝つくのを確認し、その場を立ち去った。


医局に戻ると帰り支度をした植野が科長室から出てきた。志子田を見て、「ＥＲが代わってくれたから一瞬帰ろうかと。ご飯、食べました？」と誘ってくる。

「まだ、です」

病院を出たふたりは近くにあるラーメン屋に入った。

カウンターに置かれた志子田の丼を見て、「醤油にしたんですね」と植野が意外そうに言う。

「はい。ここで牡蠣《かき》味噌バターコーン頼んだ人、初めて見ました」と植野の丼を見て志子田が返す。「内地の人っぽいですね」

「内地の人ですもん。食べたいんでしょ？」

「……あ、いえ、結構です」

植野はさっそく箸をつけるも、意外に淡泊で思った味ではなかった。正直、微妙だが

「あ～、美味しい美味しい」と麺をすする。

そんな植野に志子田は笑った。

「……志子田くんはずっと北海道ですか？」

「はい」

「ここが好きなんですね」

「ここしか知らないっていうのもありますが、先生も気に入ると思いますよ。食べ物が美味しいし、自然豊かだし」

「北海道って九州二個分よりも広いんですね。びっくりしましたよ」

「時間が空いたらゆっくりと周ってみてください」

「ひとり旅におすすめな場所、教えてください」

「……先生、ご家族は？」

「えーっとね、学生の頃からずっと好きな人がいたんだけど、その子が結婚しちゃって。それからずっとひとり」

「え!?」と志子田は思わず声を漏らした。

自分と重ね、一気に親近感がわいてくる。

「……すごい……なんかわかります」

食いつきのよさに、植野はふっと笑った。

「ＰＩＣＵは慣れました？」

「……全然です。でも、ここで働けてよかったと思ってます」

「そうですか。そう思ってくれる常勤の医師や看護師が増えてくれればいいんですけどね」

「きっと増えますよ。そのうち優秀な人が絶対来ちゃうと思うんで、僕も頑張らないと」

裏事情をわかっていない志子田は脳天気なことを言う。ただ、その前向きさが植野にはありがたかった。

「しこちゃん先生、莉子ちゃんの、よく気づきましたね」

「……植野先生」

動かしていた箸を置き、志子田は植野を見た。

「莉子ちゃんは、受け入れてくれました」

嫌な予感を抱きながら、植野は訊ねた。「……何を？」

「本当のことを話しました。彼女は、教えてくれてありがとうって言ってくれました」

そのとき、植野のスマホが鳴った。

*

ベッドの下で足をばたつかせ暴れる莉子を、綿貫は必死で押さえつける。今成と一緒にベッドに戻し、引き抜かれた気管チューブをすばやく再装着する。

「チューブ入りました」

そこに植野と志子田が飛び込んできた。

今成が植野を振り向き、言った。

「自己抜去《ばっきょ》した」

「莉子ちゃん、深呼吸して。力を抜いてね」

しかし、莉子は涙を流しながら綿貫に抵抗する。

ベッドわきでは京子がうろたえている。

「莉子、どうしちゃったの!?　何があったの？」

「いったん落ち着かせよう」

植野にうなずき、今成が羽生に鎮静剤の指示をする。

莉子が落ち着くと、綿貫は植野にメモを渡した。

それを見て、植野は小さく首を振る。

そうして、横に突っ立っている志子田に莉子の手書きメモを突きつけた。

『歌えないなんて』『死にたい』

乱暴に書かれたその文字を、志子田はぼう然と見つめた。


「莉子ちゃんは、眠りました」

ミーティングルームで呆然としている志子田に、植野が話かけた。ふたりを見守るように今成も後からやってきた。

「……すみませんでした」と志子田は力なく頭を下げた。

「お母さんと約束したのを覚えていますよね？」

「……はい」

「決めたことを独断で変えてしまっていいんですか？」

「……いいえ」

「弟のことで深く傷ついていたのに、さらに追い込むことを言ったんです。命を絶つ可能性だってあるんですよ。そのことを考えましたか？」

「……いえ」

「個人的な感情で決断することは非常に危険です。だからこそ、お母さんと話し、方針を決めてから伝えたんです。真実を伝えられた、たった十歳の子どもがそれを簡単に受け入れることができると思ったんですか？」

強く責めるのではなく、淡々とした口調で植野は説いていく。

それが逆に怒りの深さを感じさせる。

「志子田くん。もし余命宣告だったら伝えましたか？」

「……」

「あなたはあと三か月の命だって、言いましたか？」

「……いえ」と志子田は弱々しく首を振った。

「命のことなら言えないのに、声のことは言えるのはどうしてですか」

「もういいじゃないか」

割って入った今成に、植野は言った。

「よくありません」

ここでわかってもらえないと、この先がないのだ。

厳しい目に、その思いを込める。

「よく、肝に銘じておいてください。ここはチーム医療です。そのチームには、親御さんも入っているんですよ」

「……」

「志子田くん、帰ってください」

「……」


今成が資料を探しに図書室に寄ると、隅のデスクで志子田が一心不乱に医学書を読んでいた。『基礎から学ぶ耳鼻咽喉科』という表紙が目に入り、ボソッとつぶやく。

「そこから始めたら何年かかんだよ」

とはいえ、がむしゃらに前に進もうとする若者の姿は目にまぶしかった。

心のなかでエールを送り、気づかれないように図書室を去る。

病院を出た志子田が幼なじみたちとグループ通話をしながら家路についている。

「俺、ほんとダメだ。全然うまくいかない」

ＰＩＣＵでの苦労を知っている河本が「しょうがないよ」となぐさめる。

「悠太みたいになりたいよ」

「いや、俺は——」

「悠太はいつも謙遜ばっか」と河本がさえぎる。「ね？　桃子」

「そうだね。もっと自信満々でいいと思うよ」

桃子は南の運転する車の助手席で話していた。

「あー、ホント自分のことが嫌になるよ」

切れ切れに聞こえてくる息子の声に、南が聞き耳を立てている。


帰宅するや志子田は風呂に飛び込んだ。

湯船に入り、そのまま頭まで湯に沈む。

悲しいときや落ち込んだときは水に潜る。

水のなかでは涙は見えないから。

泣いてないのと同じだ。

息を止め、湯のなかで自分の鼓動を聞く。

しばらくそのままの状態でいたが、やがて限界がきた。

志子田は勢いよく顔を上げた。

「ぷはっ」


部屋着に着替えて居間に戻ると、食卓にはすでに料理が並んでいた。その妙な組み合わせを見て、母にツッコむ。

「なんで生姜焼きと炊き込みご飯と餃子なんだよ」

「あんたの好物じゃないの！」

「いや好きだけどさ。生姜焼きには白米だろ……」

「白米がいいならチンしなさいよ」

「食べるけど」と志子田は食卓につく。

「ほら、これも」と南は新たな皿を前に置いた。「大分のお客さんからもらったシイタケ。おっきいでしょ。どんこっていうんだって。佃煮《つくだに》もサラダもあるから」

「……こんなに食べきれねえよ」

「なに、クヨクヨしてんのよ。つらいときに泣いたらダメだからね。余計つらくなる」

と南は家訓を言い聞かせる。

「……」

「お母さんは、よく食べるでしょ？」

「……ああ」

「うれしくても悲しくてもつらくても食べる。食べれば、ひとまずエネルギーになるのよ。エネルギーがないと立ち上がろうって元気がなくなっちゃうから、ひとまず食べるの。いい？」

「だから太るんだよ」

「それがさ、痩せたんだって！」

「ウソつけ」

「ほら」と南は得意気にウエストラインを見せる。

すかさず志子田はツッコんだ。

「息止めてんじゃん」

「バレたか」と息を吐いた途端、引っ込んでいたお腹がぷくっと飛び出す。

大笑いする息子に、南はボソッとつぶやく。

「本当に痩せたんだけどな……」

笑いながら志子田は勢いよくご飯を食べはじめた。

＊

翌朝、気持ちも新たに志子田はＰＩＣＵに足を踏み入れた。

「おはようございます」と明るく挨拶し、ふたりのベッドのほうへと近づく。すると、理玖のかたわらに付き添っていた。京子が志子田のほうに歩み寄ってきた。

近づいてくる京子に向かって、志子田は頭を下げた。

「……昨日は本当に申し訳ございませんでした」

京子は志子田の前で立ち止まると、思い切り左手を振った。

「パン」と小気味いい音がして、じんわりと頬が熱くなる。

「！……」

戸惑う志子田を見つめる京子の目には激しい怒りの色が宿っている。

対峙《たいじ》するふたりの様子を、今成と羽生が遠巻きに見守っている。

綿貫が医局で作業をしていると志子田が戻ってきた。あからさまに落ち込んだ様子を見て、ＰＩＣＵで京子と何かあったのだろうと察する。

作業の手を止め、綿貫は志子田に声をかけた。

「向いてないと思う、この仕事」

「……」

「いつか、訴えられるよ」

容体が安定した莉子は、その日のうちに小児外科病棟へと移された。

翌日、志子田がＰＩＣＵを出ると莉子が待っていた。志子田を見て、ペコリと頭を下げる。

「莉子ちゃん……」

「先生」

声を聞けたことはうれしかったが、ひきつったようにひどくかすれていたのには少なからずショックを受ける。

「ママに怒られたでしょ?」

「……」

「私のせいでごめんなさい」

この子は、自分が苦しいのに志子田のことを気遣っている。それなのに、当の志子田は、自分勝手な感情でこの子を傷つけてしまった……。

志子田はこぼれ落ちそうになる涙を必死にこらえ、莉子に謝る。

「……ごめんね……本当にごめんなさい」

莉子は笑顔で手を振り、「じゃあね」と病室へと戻っていく。

その小さな背中を見つめながら、志子田の脳裏には植野や綿貫に突きつけられた言葉がよみがえる。

そして、命を失い、だらんと垂れ下がった鏡花の手も……。

僕は決して彼女の死を忘れてはいけない。

もう泣くまいと歯を食いしばり、志子田は顔を上げた。


莉子の声を元に戻すことはできないかと医局の資料棚の前で植野が懸命に文献を漁《あさ》っている。ふいに周囲が明るくなり、「?·」と論文から顔を上げた。

「目、悪くなるぞ」

書棚の陰から現れたのは今成だった。

「こんなところで何してるかと思ったら」

植野が手にしている論文を覗き込み、今成は言った。

「しこちゃん、落ち込んでたよ」

「いいことです」

「ええ？」

「落ち込んで折れそうになっても、立ち上がって学ぶ。それのくり返しじゃないですか、私たちは」

「面白いな。ふたりともそっくりでさ」

「え？」

「君と志子田くん」

「……」

「負けたわ」

今成はふっと笑みを漏らした。

「俺はおっさんの味方だから、チームに入れてください」

「!?……」

丘珠空港に隣接する公園で、スクラブ姿の志子田が空を見上げている。

この真っ青な広い空を、子どもたちの命をつなぐドクタージェットが舞う。

そんな夢想にひたっていると、いきなり声をかけられた。

「空、何か飛んでます？」

ハッと隣を見るとスーツ姿の女性が立っていた。

背筋がスッと伸び、モデルのように姿勢が美しい。

「いや、あ、その、空を……」

しどろもどろになる志子田をまるで気にせず、鮫島は言った。

「今日の空はきれいですからね」

「……ドクタージェットが飛べばいいな……って思って見てたんです」

鮫島はあらためて志子田を見つめ、訊ねた。

「丘珠のお医者さんですか？」

「ええ、まあ、一応医者なんですけど。全然ダメダメで……本当にダメで……」

「そんなにダメですか？」

「……はい。やりたいと思った仕事なのに、失敗ばっかりで、周りを傷つけて……」

「……」

「ほんとダメです……向いてないって言われて。そのとおりなんですよ」

「先生がお医者さんになった理由、教えてくれますか？」

初対面の人間にする質問ではないだろうと思ったが、不思議と嫌な感じはなかった。

「なんでだったかな……」と志子田は素直に考えはじめる。「よくわからないんだけど、勉強もできるほうだったし、母親に安心してもらいたいってのもあったし……」

「……親御さん思いなんですね」

「いや、ただ僕、子どものころ毎日がすごく楽しかったんですよ。特に恵まれてたわけじゃないけど、子ども時代めちゃくちゃ楽しくて。だから、みんなにも健康に元気に楽しく過ごしてほしいなって」

「いいですね」と鮫島の口もとがほころんだ。「素敵です」

「でも、これからどうしていいのか全然わからなくて……初めてのことばっかりで、全然うまくいかないし……どっかに隠れたくなります」

「初めてはみんなうまくいかないものですよ。何が起こるかわからないし、怖いし、ビクビクするものだから」

「やっぱりそういうもんですか？」

「ええ」と鮫島はうなずいた。「私は大丈夫だって自分に言い聞かせながら、ダマしダマしやってますよ」

「……ダマしダマし？」

「今のところ、なんとかそれで。ここで飛行機が飛ぶのを見て、自分を励ましたりして」

そう言って、鮫島は空を見上げる。

「……」

志子田へと視線を戻し、鮫島は言った。

「北海道中の子どもたちが、健康で元気で楽しく過ごせるようになるといいですね」

「そう。そうなんです！……あっ！」

志子田が空を指差した。

離陸したばかりの飛行機がぐんぐんと上昇していく。

ふたりは黙って小さくなっていく機体を見送る。

飛行機が空の青に溶けてしまうと、志子田が言った。

「もしかして、パイロットさんですか？」

ニコッと鮫島が微笑んだとき、公園の前に白いハイブリッド車が停まった。助手席から降りた林が鮫島に声をかける。

「知事、お時間です」

「？」

「じゃあ、私はこれで。一緒に頑張っていきましょうね」

鮫島はそう言うと、車のほうへと歩きだす。

「……え？……ち、知事!?」


志子田は両手で顔をパチンと叩き、気合いを入れる。

「……よし」

さっきまでとは打って変わり、その足どりはしっかりとしている。

北海道中の子どもたちが健康で元気で楽しく過ごせるように……。

大きすぎる夢が燃料となり、志子田の足を前へと進ませる。


もう無理だ……。

夜の港を虚《うつ》ろな表情の矢野が海のほうへと歩いていく。

矢野は救いを求めるようにスマホを取り出し、幼なじみの名前に触れた。

気づかないうちにその頬は涙で濡れている。

スマホを耳に当てると志子田の声が聞こえてきた。

「……どうした?……悠太?」

「武四郎……俺……」

ホント……もう無理だ……。

3

『僕と出会ったことを後悔するがいい！』

画面では北海道のローカル戦隊ヒーロー、梟《ふくろう》の戦騎《せんき》カントがバトル前の決めポーズをとっている。テレビの前に陣取った志子田がハードディスクレコーダーを操作しながら、録画した番組をＤＶＤに焼いているのだ。

ソファにうつぶせに寝転がった南が、そんな息子に声をかける。

「ねえ、湿布貼って」

「今、忙しいんだよ」

「へえ、戦隊モノで忙しいねえ……」

「うるさいな。自分でやれよ」

「そうやって母親を見捨てんの？」

「もー」とため息をつき、志子田は作業の手を止めた。薬箱から湿布を出し、南の腰に貼ってあげる。

「診察料五万円な」

「違法な医療行為で免許取り消しになりたいのかな？」

「もーっ！」


紙袋を手にした私服姿の志子田がＰＩＣＵに入っていく。

ただひとりの患者、理玖は酸素マスクが外れ、かなり顔色もよさそうだ。

「ほら、これ。見逃した分」と志子田は袋からポータブルＤＶＤプレイヤーを取り出し、理玖に渡した。

「やった」と受けとるも、見たことがない機械に「何これ？」と首をかしげる。

「ＤＶＤプレイヤー。え、知らない？」

うなずく理玖に、「ＤＶＤはわかる？」とディスクを見せる。

「あんま使ったことない」

「ええ!?　もう配信の時代だもんね……このＤＶＤをね、プレイヤーにこうやって入れて、このボタンを押せば」と説明していると、憤然と京子が駆けてきた。

「何してるんですか！」

「あ……」

「うちの子に近づかないでって言いましたよね？」

「え、あの……」

騒ぎを聞きつけた羽生が慌てて京子に駆け寄る。

「すみません、本当に」と頭を下げながら、志子田を理玖のベッドから遠ざける。

申し訳なさそうな志子田に、「もー」と羽生は口をとがらせた。

「休みにわざわざ来て、ほかにやることないんですか！」

とぼとぼと病院から出た志子田はスマホを取り出した。着信履歴にある『矢野悠太』の文字に、昨日の不審な電話を思い出す。

切羽詰まったような声で何かを言いかけたと思ったら、そのまま口を閉ざした。

何かあったのか訊ねたが、「なんでもない」と切られてしまった。

その後何度かかけてはみたものの、つながらなかった。

相変わらず忙しいのだろうと今まで気にしなかったが……。

でも……本当になんでもないのなら、あんな電話かけてこないだろう。

嫌な予感とともに、不安の黒雲が胸のうちでどんどん広がっていく。

志子田はアプリを開き、丘珠空港へ向かった。今ならちょうど良い飛行機に乗れそうだ。

更衣室のロッカーを開けると溜まった服がドサッと落ちてきた。家に帰るのは三日ぶりだ。連日の泊まり込みで用意した着替えもすでに底をついている。

矢野はスクラブを脱いで、拾った古い服と一緒にバッグに詰め込みながら重い息を吐いた。

昨夜、志子田に電話したあと、吸い込まれるように目の前を行き交う車列に飛び込みそうになったことを思い出す。

身体も疲れ切っていたが、それ以上に心が悲鳴を上げている。

わかっているけど、どうすることもできない……。

また動悸《どうき》が激しくなり目を閉じたとき、「先生!」と声をかけられた。背後に慌てた様子の看護師が立っていた。

帰り支度をした自分を見て、少し申し訳なさそうに彼女は言った。

「交通事故の急患の受け入れ要請があるんですけど」

「えっと、ほかの先生は?」

「オペ中です。先生、どうしますか?」

「……受け入れましょう」

急いで救急科へと戻ると、「悠太！」と声がした。振り向き、矢野はあ然となる。

「武四郎……え、なんで」

志子田が網走の病院の待合室にいたのだ。

戸惑う矢野の横を救急隊員が押すストレッチャーが通り過ぎる。乗っているのは小学一年生くらいの男の子だ。

「急患です！」

矢野は救急隊員に志子田を指し、「この人も医者です！」と告げる。

「志子田です。小児科です！」

ふたりはストレッチャーの横を並んで走りだす。

「杉本《すぎもと》淳之介《じゅんのすけ》くん、七歳、道路を歩いていたところ、大型のトラックに轢《ひ》かれたようです。体重二十五キロです。意識レベル三十、右腹部から出血も見られます」

初療室に入り、淳之介をベッドに移す。

「淳之介くん、聞こえるかな？」と話しかけながら、矢野はハサミを手に取った。「ごめんね、お洋服切るよ」

服を切り、患部を露出させた矢野は、「これ……」と思わず声を漏らした。

想像以上にひどい状態だ。

「……とりあえず止血しよう」

矢野の言葉に志子田が驚く。

「外科の先生、呼ばないの!?」

「オペだ。ここには俺しかいない！」

大量の出血にも臆することなく矢野は迅速に処置を行なっていく。少々気おくれしながら志子田も矢野の指示に従い、動く。

やっぱり、こいつはすごい……。

どうやら心配は杞憂だったようだな。

少し安堵しながら、志子田は処置を続けた。


とりあえずの処置を終えた志子田と矢野が、難しい顔をしてモニターに映し出されたレントゲンの結果を見ている。

「大腿骨《だいたいこつ》が骨折してる。第4肋骨《ろっこつ》と第5肋骨が折れて、肺が損傷している可能性がある」

矢野にうなずき、志子田が言った。

「ひどい肺挫傷だな……」

「もっと大きい病院に搬送しないと。ここから一番近いのは、北見の……」

すかさず救急隊員が口をはさむ。

「北見は今日キャパオーバーです」

「じゃあ、次は」

「釧路丹頂《たんちょう》病院ですかね」と救急隊員が答える。

位置関係がいまいちわからず、志子田が訊ねる。

「釧路までヘリで何分ですか？」

「ここから最寄りのヘリポートが……網走川小学校ですから、そこへ車で二十分。そこからはヘリで四十分程度です」

ふたたびレントゲン写真を見つめ、矢野は少し考える。

「……このままじゃあ、車の移動すら危ない。淳之介くんの状態を安定させないと。武四郎、手伝ってくれないか」

志子田はうなずき、言った。

「まず、気管挿管と輸血だ」

「あと胸腔《きょうくう》ドレーンを試したい」

「……わかった」

救急車のシートに並び、志子田と矢野がストレッチャーの上の淳之介を診ている。気管挿管し、一時は呼吸も落ち着いたかに見えたが、ふたたび苦しげにあえぎはじめた。

モニターをチェックし、志子田が言った。

「サチュレーションが低下してきてる」

矢野が処置を始めたとき、消防署と連絡をとっていた救急隊員が焦った様子でふたりを振り返った。

「釧路からヘリが来れないそうです！」

「え？」

「濃霧がひどくて飛ばせないと」

サイレンが止み、やがて救急車も停車した。

車内に緊迫した空気が流れる。

「女満別《めまんべつ》空港から釧路に民間機は？」

志子田に訊かれ、救急隊員が首を振る。「飛んでないんです」

少し考え、矢野は決断した。

「このまま救急車で釧路に向かってください」

「しかし、車だと山間の道を三時間はかかります」と救急隊員がふたりに地図を広げてみせる。

「三時間……」

淳之介の今の状態から考えると、三時間耐えられるとは思えない。

志子田はスマホを取り出し、植野にかけた。

「しこちゃん先生？」

植野の声が聞こえるや、志子田は早口で話しだす。

「先生、トラックに轢《ひ》かれた子どもと救急車に乗ってるんですけど、ドクタージェット出してもらえませんか!? 今、網走にいるんです！」

「網走!? なんで？」と訊きかけ、すぐに「今はいいか」と頭を切り替える。「網走のどこでしょうか？……はい……はい……」

書き殴ったメモを羽生に渡し、植野はミーティングルームへと移動する。なかには今成と綿貫の姿があった。

「ドクタージェットを要請してみます。ヘリでもジェットでも空港なら対応可能です。ひとまず女満別空港に向かってください」

植野はスマホをスピーカー通話に切り替えデスクに置き、壁の北海道地図へと顔を向けた。

「患児の様子を教えてください」

志子田もすでにスピーカー通話に切り替えている。淳之介の容体を確認しながら矢野が植野に報告していく。

「両側の肺挫傷と右の外傷性血気胸《けっききょう》があります。輸血五百ミリリットル入れてます。それと、右の第4肋骨、第5肋骨右の大腿骨に骨折があります」

ホワイトボードに矢野からの情報を書き込みながら、植野が言う。

「大丈夫ですよ。わかるところだけで。傷の止血をしていますか？」

「はい、やってます」

「今、血圧は？」と横から今成が口をはさむ。

「90の60です」

かなり低い。

「輸血を二百五十ミリリットルほどポンピングしてもらえますか？」と植野が指示を出す。

そこに羽生が入ってきた。

「植野先生！　ドクタージェットは今、名古屋の空港にありません！」

「！」

「別の搬送に使われていて、空港に戻ってくるのは三時間後。そこからうちに来るまで二時間……最低五時間かかるそうです」

スピーカーから聞こえてくる羽生の声に、志子田と矢野はがく然とした。

植野は地図をにらみながら考える。

「……旭川からヘリを要請してもらえますか？」

植野の声を聞き、救急隊員がふたりに言った。

「富良野で急病人が出てヘリが出払ってます。無理です！」

「そんな……」

志子田が絶句したとき、淳之介の身体がビクンと揺れた。

「淳之介くん!?」

見ると、口を覆ったマスクが赤く染まっている。

「肺出血しました！」

「……肺挫傷により出血した可能性がありますね」

もう一刻の猶予もならない。

植野は決断した。

「うちで受け入れます。すぐにヘリをお願いします」

旭川ではなく女満別からとなると丘珠との間には大雪山《だいせつざん》がある。

思わず今成は植野に訊ねた。

「そんな長距離、山間部迂回《うかい》できるのか!?」

「ドクタージェットを飛ばせないなか、これが最短の方法です。引き続き女満別に向かってください」

志子田に指示し、植野は通話を切った。

「この人数で本当に受けるのか?」

今成に応えず、植野は受け入れ準備にとりかかる。羽生もすぐに動いた。

「ほかの先生、声かけてきます。今成先生もお願いします!」

「仕方ねえなあ」

そんななか、ひとり冷めた顔で綿貫はゆっくりと立ち上がった。


防災ヘリが女満別空港を発《た》って一時間が過ぎた。淳之介の顔色は紙のように白く変わり、もはや苦しむ力もないのかぐったりとしたまま動かない。

「血圧が下がってきてる……」

うめくような矢野のつぶやきを聞き、志子田は思わず淳之介に声をかけた。

「淳之介くん、頑張ってね。あと少しだよ。頑張れ」

矢野が隣に座る救急隊員に訊ねる。「あとどれくらいで丘珠に？」

「あと十分くらいかな」

「これじゃあ丘珠まで持たない……」

「頑張れ」

祈るように志子田が口にしたとき、突風にあおられヘリが大きく揺れた。反射的に淳之介の手をとる。

と、手首のところに梟の戦騎カントのタトゥーシールが貼られているのに初めて気がついた。

あらためて淳之介の年齢を思い知らされる。

「……」

「到着しました！」

虎田の後ろから志子田と矢野に押され、淳之介を乗せたストレッチャーが救命救急科に運ばれてきた。

待機していた植野らPICUの面々と東上ら救急科が迎え入れる。

しかし初療ベッドに移した途端、淳之介の心拍がみるみる下がっていく。

「淳之介くん、もう着いたよ。頑張って！」と志子田が必死に声をかける。

「心停止！」

植野が淳之介の胸を押し、今成が合図に合わせて酸素を送る。マッサージをしながら植野が、「胸腔穿刺で緊急脱気しましょう」と綿貫に声をかける。

「わかりました」と綿貫は穿刺用の針を手に取ったが、その手がなぜかブルブルと震えはじめた。

「……」

震える手を押さえる綿貫に気づき、羽生が怪訝そうな視線を送る。

どうにか震えを治めると綿貫は平静を装い、胸腔穿刺の準備をしていく。

その間、植野は必死にマッサージを続けるが、なかなか淳之介の心拍は戻らない。

初療室の空気が重くなっていくなか、決してあきらめようとしない植野の荒い息づかいが響いていく。

もうダメか……と皆が思ったそのとき、心電図モニターの波形がピクンと動いた。

「心拍戻った！」

今成が叫び、一同の目がモニターに注がれる。

一定間隔で山を描く波形を見て、皆が安堵の表情になる。

全身から力が抜け、その場にしゃがみ込みそうになるのを志子田はこらえる。

植野は気をゆるめることなく、淳之介の身体から手を離すと、流れる汗をぬぐいもせず次々と指示を出していく。

*

一時的に停止した心肺機能を補助するためＥＣＭＯにつながれた淳之介のベッドがＰＩＣＵに入ってきた。

初めての患者仲間を理玖が興味深げに見つめる。

淳之介の管理は羽生に任せ、医師たちは今後の治療方針の打ち合わせに入った。

「心停止状態でしたが現在はＥＣＭＯを取りつけ、容体は安定してきています。右肺の損傷が激しいのが気がかりですね」

植野の現状説明が終わると、志子田は皆に向かって謝った。

「僕の力不足のせいです、すみません。心停止になってしまったし、ＥＣＭＯまで……」

隣の矢野も頭を下げる。

「謝ることないよ」と今成は矢野の頭を上げさせる。

「これだけの肺挫傷と重症血気胸があるのによく運んでこられたね」と浮田はむしろ感心している。「網走から救急車とヘリで来たんだろ?」

「はい」

東上もうなずき、「ヘリに乗る前に心停止していてもおかしくなかったよ」とふたりをなぐさめる。

「矢野先生のこちらへの搬送連絡もさすがでしたね」

植野からもお褒めの言葉をもらい、矢野は恐縮してしまう。

レントゲン写真にあらためて目を通し、今成が口を開いた。

「問題は肋骨が刺さったこっちの肺だな」

「右肺……持ちますかね?」綿貫が言うと、「たしかに、傷は相当深い」と浮田も難しい顔になる。

「全摘《ぜんてき》、ですかね」

植野の言葉に、「全摘?」と志子田は驚いた。

「右肺を全部取るんですか?」

「全摘が一番安全な方法だろうね」と浮田は植野にうなずきつつ、「ただね」と続けた。「まだ七歳だ。今後の生活を考えると気管支を再形成して、右肺の下葉《かよう》はできるだけ温存してあげたい」

すぐさま植野が異議を唱えた。

「私は反対です」

「！」と志子田が植野を見る。

「温存に固執して気管支を再形成するとなると、狭窄や縫合不全のリスクが生まれます」

「私も全摘のほうが」と綿貫は植野に賛意を示す。「リスクは避けるべきかと」

「命あってこそだからね」

今成も全摘側に回り、すぐに浮田も翻意した。

「じゃあ、全摘で進めたほうがいいかもしれないね」

あっという間に右肺の全摘が決まり、志子田は言葉を失った。

そのことが重く心にのしかかり、それ以降の話はまるで頭に入ってこなかった。

ミーティングを終え、志子田はＰＩＣＵへと向かう。

羽生と交代し、淳之介の管理を始めると隣のベッドの理玖がずっとこっちを見ているのに気がついた。

「どうしたの？」

「カント、好きなんだね」と理玖がタトゥーシールが貼られた淳之介の手を指さす。

「そうだね」

「この子が起きたらカントのお話ししたいな」

「今はおしゃべりできないけど、きっと耳は聞こえてるよ。理玖くんのお隣で、一生懸命戦ってるからね」

志子田にうなずき、理玖はふたたび淳之介を見つめる。

そのとき、「淳之介！」とものすごい勢いで二十代後半くらいの男性がＰＩＣＵに飛び込んできた。淳之介の父親の亮平《りょうへい》だ。

身体中に包帯を巻かれ、機器につながれた状態でベッドに横たわる息子の姿を目にし、その足が止まる。

「淳之介……」

「危険な状態だったんですけど、淳之介くん、すごく頑張ってくれて。今はだいぶ落ち着いてます」

動揺を鎮めようと志子田はそう声をかけたが、亮平の耳には入ってこない。

「先生、助けてやってください」と志子田にすがりついた。

「！……」

亮平が落ち着くと、志子田はミーティングルームへと連れていった。レントゲン写真やホワイトボードの図を見せながら、植野と浮田が淳之介の治療方針について伝える。

「損傷が激しいため、右肺を取り除く手術が必要です」

それまで黙って聞いていた亮平が、浮田の言葉に困惑したように口を開いた。

「……あの、取り除くって……右の肺を全部ですか？」

「はい」と浮田はあっさりうなずく。

「あの……そんなことして大丈夫なんですか？」

「リハビリは必要ですが、日常生活は問題なく送れますよ」

亮平の顔にかすかな安堵の色が浮かぶ。

「ただ、ハードな運動などは難しいかもしれませんね」

「え？」

ふたたび不安の表情になる亮平に植野が言った。

「肺活量は落ちますので……」

しばし考え込み、亮平はおずおずと訊ねた。

「俺の肺をあげられませんかね？」

「お父さんのお気持ちはわかります。しかし、大人と子どもだと肺の大きさが違いますので」と植野が説明する。

「……すいません、何もわかんなくて。先生たちの言うとおりにします。よろしくお願いします」

頭を下げる自分と同年代の若い父親を志子田はじっと見つめる。

亮平に付き添いミーティングルームを出た志子田は、「少し休んでてください」と廊下のベンチに座らせた。

「すみません。俺、バカで全然頭が追いつかなくて」

「いえ。受け入れるのは大変なことだと思います」

「肺を取るって言われても……取って本当に大丈夫なんですかね？　まだ七歳なのに」

全摘には疑問を持っているだけに志子田はうまく答えられない。

言葉を探していると、亮平が続けた。

「淳之介、朝まですげー元気だったんですよ。本当にうるさいくらいで……だから俺……言っちゃったんです。あとで行くから先ひとりで遊びに行けって。下の子ふたりに手がかかって、そっちばっかりに気が行っちゃって……なんであんな遠いところまで行ったんだか不思議だったんですよ」

淳之介が事故に遭ったのは自宅から4キロ離れた国道だった。信号のない一本道で、速い車が行き交う事故多発地点でもある。

「でも、今思えば、あいつ怒ってたんですね」

「え？」

「だから、あんなところまで。うちの子でいるのが嫌になったんだろうな……」

目頭を押さえて、亮平は頭を垂れる。

「そんなことないですよ」

「親にひとりで遊べって言われて、痛い思いして……。こんな遠い病院で、肺取るって。運動も自由にできなくなるんですよね？……俺のせいで……」

涙ぐみながら自分を責める亮平に、志子田はかける言葉が見つからない。

帰宅する前に志子田はミーティングルームで仕事をしている植野を訪ねた。

「淳之介くんのことなんですけど」

「どうしました？」と植野はそれまで読んでいた肺の気管支再形成術に関する論文から顔を上げた。

「助かってよかったと思いました。命さえ助かれば、それでいいんだって思ってました。でも……事故に遭う前の元気で健康な状態に戻っていなければ、本人や親御さんにとっては助かったって言えないこともあるんだと思いました」

「……」

「あの……本当に全摘以外に手段はないのでしょうか」

「……しこちゃん先生の気持ちは痛いほどわかるよ。できるなら右肺の下葉を残してあげたいよね」

「浮田先生も言ってましたよね？　気管支を再形成すれば温存できるかもしれないって」

「浮田先生なら手術はできると思う。成功すると思うよ。手術はね」

「……じゃあどうして」

「僕はね、そのあとが心配なんだよ」

植野はそう言うと書類をまとめ、ＰＩＣＵへ戻っていった。

「……」

*

休憩室で仮眠していた矢野を起こし、志子田は言った。

「俺、帰るけど」

ぼんやりした頭を軽く振り、矢野はスマホで時間を確認すると、勤務先の網走総合病院から何件もの着信が入っていた。

「病院戻るわ。うち人少ないし」

「明日の朝いちで帰ればいいじゃん。そんな格好じゃ帰れないだろ」と志子田は血で汚れた矢野の服を指さす。

「泊まっていけよ」

少し考え、矢野はうなずいた。

南と桃子が食卓に料理の皿を並べるのを、ひとり席についた矢野が手持ちぶさたで眺めている。背後の台所では志子田がまな板に載せたカンパチをさばいている。

「すごい新鮮だね」

三枚におろした肉厚の身から骨をすき取りながら、志子田はうれしそうに言った。

「桃子ちゃんからの差し入れだから」となぜか南が胸を張る。

「翔ちゃんからみんなにって」

「ありがとう」と矢野が桃子に微笑む。「旦那さん、元気？」

「うん」

それにしても……と矢野はまじまじと桃子のお腹を見つめた。

「大きくなったね」

「でしょ？　あと二か月でお母さんになっちゃうよ」

「親になるのか。すごいな」

感慨深げにつぶやく矢野に、南が訊ねる。

「悠太は向こうにいい人いないの？」

「いやいや、時間がなくて」

「私の知り合いの娘さんがいい人いないかって探してて。どう？」

すかさず志子田が、「俺は!?」と抗議する。

「ちゃんとした人、紹介しないとダメだから」

相変わらずの母子の掛け合いに、矢野は笑った。

志子田が刺身を皿に盛りつけていると、「お皿どこだっけ？」と桃子がやってきた。

「座ってろよ」

「産婦人科の先生がどんどん身体動かせって」

「じゃ、これ持ってって」と刺身の皿を渡す。「あ、桃子はしゃぶしゃぶと照り焼き、どっちがいい？」

「え？」

「妊婦さんだから」

「しゃぶしゃぶかな。ありがとね」

「ん」


最後に志子田が食卓につき、にぎやかな夕餉《ゆうげ》が始まった。桃子の前にはカセットコンロが用意され、小さな土鍋でしゃぶしゃぶを食べている。

桃子や矢野を見つめ、口もとをゆるめる南に志子田が言った。

「なにニヤニヤ笑ってんだよ」

「こうやってまた集まれて、うれしいね。なかなか会えないから、あと何回こんなことがあるのか……」

「もうすぐ死ぬみたいじゃねえかよ」

「失礼な」

そこに、「お邪魔しまーす」と河本が顔を出した。食卓を彩る料理に、「なにこれ、めっちゃ美味しそう！」と瞳を輝かせる。「ブリ？」

「カンパチ！」と返し、志子田が席へとうながす。

「悠太、お疲れさまだったね」と河本は矢野の空いたグラスにビールを注《つ》ぐ。

「河本も」と矢野がビールを注ぎ返す。

「悠太、看護師さんたちがカッコいいって言ってたよ」

「悠太だけ？」

「うん」と河本が志子田にうなずく。「悠太だけに決まってんでしょ」

「え？　俺は？」

「悠太だけに決まってんでしょ」と今度は南が言った。

「なんでわかんだよ」

「わかるよ、お母さんは」

「いいからいいから。はいはい」と河本は一同のグラスを確認し、「じゃあ、カンパーイ！」と手にしたグラスをかかげる。

「悠太、お帰んなさーい！」と桃子が言い、皆はグラスを合わせた。

食事を終えた四人が志子田の部屋でジェンガをしている。子どもの頃から志子田の家で遊ぶことが多かったから、部屋にはこの手のパーティーゲームがたくさんあるのだ。

上のほうの簡単な部分を引き抜き、桃子が言った。

「三人ともすごいね。今日も子どもの命を救ってきたんでしょ？」

「私は大したことしてないよ。悠太が大活躍」

「だな」と志子田がうなずく。

「そんなことないって」

「みんな謙遜しちゃって。私は、三人みたいに頑張ってるお医者さんがいるから、安心して子どもを育てられるなって思えてるんだよ」

「おう」

照れ隠しで、目に入った一片を志子田が引っこ抜く。まだ序盤だというのにグシャッと塔が崩れた。

「三万ね！」と桃子がはしゃいだ声を出す。

「三万⁉ 高すぎだろ？ そんなん知らねえし。じゃ、もう一回やろ。次こそマジの三万で」

「イヤだよ、三万！」と河本は即座に拒否。

ふたたび木片を組み上げながら、「ジェンガ、何年ぶりだろうな」と矢野がつぶやく。

「中三のときだよ」

答えたのは桃子だった。「よーく覚えてる。たけちゃんが勝つまでやめさせてくれないから、もうやめようってなったんだよ」

「あったわ」と矢野が言い、河本も「なんか思い出してきた」と志子田のわがままぶりを責めはじめる。

やいのやいの言い合う三人を見ながら、矢野がポロッとこぼした。

「……やっぱ札幌いいな」

「？」と志子田が矢野を振り返る。

「どうしたの？　急に」

怪訝そうな桃子に、矢野は慌てて言った。

「だってさ、コンビニが近いしさ」

「なんだ、そこ？」と河本が笑う。

自分の病院がいかに辺鄙《へんぴ》なところにあるかを大げさに語る矢野を見ながら、志子田はかすかな違和感を覚えていた。

その頃、丘珠病院には意外な人物が訪れていた。札幌共立大の渡辺だ。しかも、面会相手は植野ではなく綿貫だった。

ＰＩＣＵのフロアを横切り、ミーティングルームに向かいながら、渡辺は隣を歩く綿貫に言った。

「へえ、ＰＩＣＵはいいですね。こんなに新品の機器がたっくさん」

「……」

ミーティングルームで向き合うと、渡辺は切り出した。

「久しぶりだね」

「なんの用ですか?」

「君の旦那さん、あ、元旦那さんか」と言い直し、続ける。「うちの病院辞めたよ」

「え?」

「上から聞いたけど、綿貫先生が原因だって。そりゃ、元嫁が厄介なことしてたら、元旦那さんの立場は悪くなって、居づらいよね」

挑発的な物言いに、綿貫は怒りを押し殺しつつ言葉を絞り出した。

「私は間違ったことをしてません」

「そうかな？　今以上に周りを巻き込むことになっても、そう言ってられる？」

「……」

「君自身は図太く居続けられるかもしれないけど、周りの人間は？　裁判の渦中にある君がここにいることで、いろんな人間を敵に回すことになる。ただでさえ人が足りないのに、ここは存続できるかな」

「裁判をやめろと脅したいんですか」

「私は忠告にきたんだ。君はあんまり周りが見えてないようだから。ここの新品の機器たちが君のせいで無駄にならないように祈ってるよ」

「……」


ドアが閉まる音がしたような気がして、志子田は目を開けた。隣を見ると、布団が畳まれ、矢野の姿がない。

慌てて外に飛び出すと、道の向こうに矢野の後ろ姿が見えた。

「悠太！」

矢野が立ち止まり、振り向いた。

急いで追いつき、訊ねる。

「帰んのか」

「病院から電話がかかってきたから。バスもまだあるし」

「さすがだな。患者のために寝る間も惜しまずってか?」

「そういうことで、じゃ。あ、この服送るな」と着ている志子田のトレーナーをつまむ。

「悠太んちに置いといてよ。そっち泊まったときに着るわ」

「わかった」

踵を返した矢野の背中に志子田が言った。

「なあ……お前、この前、電話で俺に何か言おうとしてたよな? あれ、何?」

「……なんだっけ。忘れちゃった。ちょっと酔っぱらってたのかも」と振り返った矢野は苦笑してみせる。

「マジかよ。俺、すげえ心配して」

「あ、それで網走、来たの?」

「そうだよ」

「ありがとう。でも、大丈夫だから」

「だな。あれだけ頼もしければな」

「おう」

「身体には気をつけろ」

志子田にうなずき、矢野は歩きだした。

志子田はしばらくその背中を見送ると、自宅へと歩き始める。矢野は、なぜか足を止めて振り返ると、去っていく志子田の後ろ姿を見つめ、立ち尽くしていた。

＊

照明が三分の一ほどに落とされ薄暗くなったＰＩＣＵで、理玖が隣のベッドの淳之介に声をかけている。

「僕ね、カント全部見てるよ。二回見逃しちゃったけど、しこちゃんていう先生が録画してるから大丈夫だからね。ＤＶＤもやってくれるよ」

もちろん、淳之介からの返事はない。それでも理玖はうれしそうに話しつづける。

そんな理玖の様子を、少し離れたところから京子と亮平が見守っている。

「いいこと教えてあげる。おひげの先生が言ってたんだけどね、ここに来た子どもはカントになれるかもしれないんだって。ここで戦う僕たちはヒーローくらい最強だから」

そう言って、理玖は力こぶを作ってみせる。

亮平は京子に会釈し、言った。

「優しいですね」

「あの子もこの前まで話せないくらいだったんです。でも、ようやくここまで来ました」

うなずく亮平に京子は続ける。

「うちの子はひどい火傷だったけど、少しずつ回復してきました。早く元気になって、サッカーやることを楽しみに頑張ってるんです」

「……すごいですね」

「息子さん、きっと元気になりますよ」

奥のほうで、植野がふたりの会話を聞いている。

そのとき、突然淳之介が激しく苦しみはじめた。

「淳之介!」と亮平が駆け寄り、植野が直ちに処置に入る。看護師たちも駆けつけ、植野のフォローをしていく。

驚き、動揺している理玖に気づき、羽生が寄り添う。

「僕がいっぱい話しかけちゃったから……」

「そんなことないよ。もう遅いからゆっくり休んで」と羽生はベッドを囲むカーテンを閉じた。

しかし、カーテン越しに隣のベッドの様子は伝わってくる。

「淳之介！……淳之介！……」と叫ぶお父さんの声。魔法の呪文のような難しい言葉を看護師さんに言うおひげの先生の声……。

ものすごく怖くなって、理玖はきつく目を閉じた。


連絡を受け、志子田はすぐに病院に駆けつけた。

「淳之介くんは？」

ベッドわきで管理をしている虎田に訊ねる。

「数値、落ち着いてます」

様子を見ると問題なさそうなので、志子田は安堵の息をつく。

と、廊下のほうから亮平の声が聞こえてきた。奥さんに電話をしているのだろうか。声を抑えて話してはいるが、人けのない夜の病院は音をよく反響させる。

「……うん。俺だって右の肺全部取っちゃうなんて怖いよ。でも、それが一番安全なんだって……これ以上つらい思いさせられないだろ？」

つい耳をかたむけ、志子田は話を聞いてしまった。

電話を終え、疲れ切った表情でベンチに座る亮平に、志子田は声をかけた。

「……大丈夫ですか？」

亮平はゆっくりと視線を回し、志子田を見た。

「何か不安なこととかあったら教えてくださいね……」

「……もう大丈夫です。覚悟は決まったんで。ただ、いろいろしてやりたかったこととか頭に浮かんできちゃって……」

「……」

「でも、淳之介が生きてくれてたら、それだけで俺はありがたいんで。それだけで……だから助けてやってください」

深く下げられた亮平の頭を見つめながら、自分の無力さに志子田は唇を噛んだ。

昨夜の急変を踏まえ、淳之介の治療方針についてＰＩＣＵの面々と浮田が打ち合わせをしている。

「やっぱ、肺を安定させてＥＣＭＯ離脱しないと、またいつ急変するか」

浮田の言葉に植野はうなずいた。

「そうですね。手術に向けて、少しでも状態を安定させるよう頑張りましょう」

植野が話を締めたとき、「あの……」と志子田が口を開いた。

「本当に、全摘ですか?」

まだこだわっているのかと植野は少し驚いた。

「淳之介くんのお父さん、やっぱり本心では全摘ではなく温存の可能性を探りたいんだと思います」

「……」

「彼を元に戻してあげられる可能性があるのに、それを我々の都合で潰してしまっていいんでしょうか?」

「しこちゃん、まだ言ってんの」と今成はあきれた。「ECMOから降りられないのに、トライできないだろ」

「……植野先生は」

植野は厳しい視線を志子田に向けた。

「僕の判断は変わりません。お父さんの気持ちはわかる。だからこそ、リスクを避けてあげたいんです」

志子田がひとりPICUで作業していると、羽生は声をかけた。

「植野先生は温存を選ぶと思ってた？」

志子田は黙ったまま、答えない。

意地を張った子どものようなその姿に内心で苦笑しつつ、羽生は昔語りを始めた。

「十年前、私たちが長野にいた頃ね……ちょうどPICUを立ち上げたばかりで、今と近い状況で、人が全然足りなくて……そんなときに、淳之介くんと似た損傷を負った子どもが運ばれてきたの。左肺の全摘か温存かで意見が分かれ、植野先生は温存を主張した」

「……どうなったんですか？」

「手術は成功したよ」

その子はすごく植野に懐いていて、植野も彼の回復に全力を尽くした。

「でもね……術後管理中に、亡くなったの」

「！」

「スタッフが少なくて、一瞬、ERが混んで手薄になった。そんなときに急変して……」

「……」

「肺を一部温存した子どもの術後管理は本当に難しい。二十四時間体制で子どもを診る必要がある。だから、植野先生は温存を無責任に選べないんだと思う」

「……」

「誰だって全摘なんてしたくない。ひょっとしたら、植野先生が一番したくない。それでも選択しなければいけないときもあるんだと、私は思う」

話を聞き終え、志子田はベッドに横たわる淳之介に視線を移した。

その表情が何かを決意したかのように変わっていく。


淳之介がここに運び込まれ、否が応でもこの子のことを思い出してしまう。

十年前に自分の判断ミスで幼い命を失わせた——。

二度とそんなことをくり返さないように、肌身離さず持っている少年の写真を植野はじっと見つめる。

ノックの音がしたと同時に、「植野先生！」と志子田が科長室に入ってきた。

「僕に一度チャンスをくれませんか？　三日間だけ、時間をください。先生が安心して術後管理を行えるだけのスタッフを集められないかやってみたいんです。お願いします！」

そう言って、深々と腰を折る。

あまりにも若く青い情熱が少しまぶしく、植野は黙ってうなずいた。

その日から志子田は業務の合間に病院中を駆け回り、PICUの手伝いをしてほしいとあらゆる医師や看護師に声をかけた。さらに丘珠病院だけにとどまらず、自分の持ち得るすべてのツテを使い、スタッフ探しに奔走した。

しかし、誰からも色よい返事をもらえぬまま、瞬く間に三日が過ぎた。

三日前と同じように深く腰を折る志子田に植野は言った。

「……顔を上げてください」

「お願いします。もう少し時間をください。あともう少しあれば集まってくれると思うんです」

「三日間、よく頑張りました」

「あと一日……」

「そうしてあげたいけど、手術の日が迫ってきてますから」

「……」

「これが現実ならそれを受け入れましょう。淳之介くんにとって一番安全な方法を選択するっていうのも大切なことだから」

「でも……淳之介くんのこれからの人生を左右することじゃないですか。彼は、これから何十年も生きていくんですよ」

「……しこちゃん先生。実を言うとね、人が集まってくれることを僕もどこかで期待してました」

「……」

ふたりの間に重い沈黙が降りる。

ふと、外が騒がしいことに同時に気づいた。何事かとふたりは科長室を出た。

ＰＩＣＵのスクラブを着た河本が、医局の空いている席に自分の荷物が入った段ボール箱を置こうとしている。

「河本、どうして」

河本が志子田に返事をする前に今成が割って入った。

「ダメダメ、そこ、東上先生が使うって」

「じゃ、こっちでいいですか?」と奥のデスクに荷物を移すと、河本は医局を出ていく。

「とうとう席が埋まっちまったよ」

そんなことをつぶやきながら、今成も出ていく。

志子田と植野は顔を見合わせ、ＰＩＣＵへと向かった。

いつも閑散としていたフロアに多くのスタッフが忙《せわ》しなく行き交っていた。

「！……」

東上や浮田らなじみの顔だけではなく、小児科の看護師の根岸や猿渡の姿もあった。

活気あふれるフロアをぽかんと眺めているふたりに気づき、羽生が近づく。

「常勤で看護師が日勤五名、夜勤三名。医師五名と兼務で一名。これで正式にPICUを運営できます」

まだ信じられないといった顔の植野に代わり、志子田が訊ねる。

「何があったんですか？」

「皮膚科や整形外科にまで頭下げてる志子田先生を見かねて、みんなが集まってくれたんですよ」

「もう手あたり次第が過ぎるんだよ」と浮田があきれ顔で言う。「うちからは河本と看護師さんを何人か出すからさ」

「ERからは私が兼務します」と東上もふたりに告げる。

植野は感慨深げに新たなスタッフを見回し、感謝の意を伝えた。

「ありがとうございます」

すぐに志子田がそれに続く。

「ありがとうございます！」

植野は志子田に微笑み、言った。

「淳之介くんの右肺を残せるように準備しましょう。じゃ、さっそく術前カンファレンスの準備、お願いします」

「はい！」

＊

淳之介の手術は無事成功した。スタッフが手を尽くしたおかげで術後管理にも問題はなく、数日後、淳之介はついに意識を取り戻した。

「淳之介!?」

うっすらと目を開け、淳之介がつぶやく。

「……パパ？」

志子田、植野、羽生が見守るなか、亮平は息子の身体を抱きしめる。しかし、なぜか淳之介は悲しそうな顔をしている。

「……パパ、ごめんね」

「え？」

「危ないところ歩いて」

亮平はそっと身体を離し、淳之介を見つめた。

「ブレスレット、作りたかったんだ」

「ブレスレット？」

「僕のしかなかったから、パパの分も作ってあげたくて」

大きな道路の近くにガラス工場があって、きれいなガラスの破片がたくさん落ちているのだ。あれがあれば、きっと自分と同じようなカッコいい変身ブレスレットをパパのために作ってあげられると思ったのに……。

「戦いごっこしようって約束したのに、間に合わなくなっちゃった」

亮平はようやく思い出した。

カントの変身ブレスレットをつけ、戦いごっこをせがむ淳之介につい言ってしまったのだ。パパはブレスレットがないから戦えない、と。

それでもしつこく食い下がる淳之介に、仕方なく言った。

「わかった。次の土曜日、遊んでやる」

「ふたりで？」と淳之介は訊いてきた。

ずっと弟たちの世話ばかりしていたから、自分はないがしろにされていると思っていたのだろう。

「ああ、ふたりで戦いごっこだ」と言うと、淳之介はうれしそうにうなずいた。

それであんなところまで……。

健気な息子の思いに亮平の涙腺は崩壊した。

ふたたびその身体を抱きしめる。

腕のなかで淳之介が言った。

「土曜日、すぎちゃったね」

「元気になったら、速攻やるぞ。絶対にやるぞ」

「うん」

その様子を見ながら、志子田はもらい泣きしそうになる。

「あ、隣のお友達とも一緒にやるって約束してたんだ」

そう言って、淳之介は隣のベッドへと顔を向けた。驚く理玖に、ニコッと微笑む。

「約束したよね？」

「……聞こえてたの？」

「うん」

「うるさかった?」

「ううん」

理玖の瞳が輝き、笑顔が弾けた。

そんな息子の姿を、少し離れたところから京子が見守っている。


「あの……」

廊下を歩いていると京子に声をかけられた。

「はい!」と志子田が明るく応える。

少し気まずそうに近づき、京子は頭を下げた。

「DVD、ありがとうございました。志子田先生のおかげで、理玖、ずいぶんよくなりました」

まさかの感謝の言葉に、志子田は胸がいっぱいになる。

言葉が出てこず、ペコッと頭を下げる。


勤務を終えた志子田と植野がテレビ塔の下を並んで歩いている。

「しこちゃん先生」

「はい」

「先生のおかげで、淳之介くんを助けられました。ありがとう」

「とんでもないです」

「経験が増えると臆病になる。しこちゃん先生のような若手には情けなく映っただろうね」と植野が自嘲気味に言った。

「いえ……僕は経験がないんで、考えなしにいろんなことを言いました。だから、先生が意見を変えられたのは、それだけ深いお考えがあってのことなんだと思います」

「私はね、すぐコロコロ意見変えちゃうんだ」

意外な告白に、「え」と志子田は植野を見た。

「治療方法に強い信念を持つのは大事なことだと思う。でも、そういう意地を張りすぎて、患者さんの治療の邪魔になるのは違うと思う。患者さんが少しでもよくなるためなら、昨日右って言ってても今日は左って恥ずかしげもなく言います」

これまでずっと病院で働いてきて、医師ほどプライドの高い人種はないと思っていたから植野の話は衝撃だった。

患者のためなら自分のプライドなどどうでもいいと言い切る、その態度に志子田は感動してしまう。

「僕……もっともっと勉強します」

「今回、淳之介くんが一度搬送直後に心停止になってしまったことは、大きな反省点だと思っています」

「ドクタージェット、ですね」

植野は強くうなずいた。

「常に北海道にあるべきなんです。住んでいる場所によって命が助からない可能性があるというのは、絶対におかしい。医療は公平に与えられなければなりませんから」

今回の淳之介の件を通して、志子田もその必要性を肌で実感した。

植野に強くうなずき返す。


「本当によろしいんですね。辛い思いを、きっとされますよ」

とある事務所の応接室で、綿貫の前に座った男がそう言った。

「はい。覚悟はできています」

嫌になるほど自問自答をくり返したが、やはり自分にはこの道しか残されていないと覚悟を決めた。

私は医者を訴える——。

4

理玖が笑顔で両手を振りながら、一般病棟へと去っていく。ベッドの上から笑顔で見送った淳之介だったが、理玖の姿がPICUから消えると、しょんぼりとなる。

そんな淳之介の胸に志子田が聴診器を当てる。以前よりも呼吸音ははっきりと力強くなっている。

「よくなってきてるね」

「お友達いなくなっちゃった……」

「先生がいるじゃん」

「そうだけど〜」

「でも、お友達もいてほしいな」

そう言ったあとPICUに新たな子どもが入る意味に気がつき、淳之介は付け加える。

「誰か怪我したり、病気になってほしいわけじゃないけど」

「そうだね。なってほしくないね」

「あ、でもみんな元気になったら、先生のお仕事なくなっちゃうか?」

「だとしても、なってほしくないよ」

そんなふたりの様子を、隣のベッドを整えながら綿貫が眺めている。

志子田の願いもむなしく、直後に急患が運び込まれた。


生後七日の赤ちゃんがRSウイルスに感染し、重症化。細《さい》気管支炎になり、丘珠病院の救命救急科へと搬送されてきた。ネーザルハイフローと呼ばれる身体への負担の少ない呼吸管理の処置をしたあと、患児はPICUに移された。

ミーティングルームに集まったスタッフ一同に向かい、植野は説明を続ける。

「生まれたときの体重は三二〇〇グラム。健康な状態でしたが、産後RSウイルスに感染したようです」

RSウイルスは気道の感染を引き起こすウイルスで、乳幼児は劇症化し、気管支炎や肺炎の原因となる。

「細気管支炎、かなり悪化してます」と東上が補足し、

「体力も免疫もない。いつ何が起こってもおかしくないよ」と浮田も新生児ゆえの治療の難しさを皆に念押しする。

「お母さんに確認をとりながら進めましょう」

植野が締めようとしたとき、東上が口をはさんだ。

「それが……乳児院の子なんです」

「なるほど」

羽生が手もとの資料を確認する。「母親の年齢は二十歳か」

うなずき、東上が続ける。「大学生で、両親からの反対を受け、すぐに預けられたそうで」

「本人も養育の意思はないんですか」

東上が羽生に首を振る。「今回のケースは、なしです」

「でも、まだ生後一週間だろ。親権は母親にあるはずだ」

「権利はね」と植野が今成に返す。

言わんとすることを察し、一同に沈黙が降りる。

「何かあったらいつでも連絡してください」と浮田が席を立った。「河本、よく見ておいてくれ」

「はい」

「ありがとうございます」と浮田を見送り、植野は志子田へと顔を向ける。

「じゃあ……志子田先生、この子をお願いします」

「はい！」

「綿貫先生」

「はい」

「難しい患者さんです。志子田先生と組んでもらえますか？」

綿貫の表情が曇るのを見て、「お願いします！」と志子田が頭を下げる。

「それなら、自分ひとりで十分ですけど」

とりなすように植野が言った。

「後輩の育成も、我々の仕事ですよ」

「……わかりました」

志子田はホッとし、植野に訊ねる。

「それで、赤ちゃんの名前は？」

「ありません。お母さんがまだ出生届を出していないので」

え……。

小さな身体をいくつもの管につながれた赤ちゃんを見つめ、志子田はつぶやく。

「君をなんて呼べばいいのかな」

ベッドに付けられた名札には『深田奈美《ふかだなみ》ベビー』と記されている。

「……初めまして、志子田武四郎です」

伸ばした志子田の手を、小さな指が握ってくる。

「！……」


医局に戻るや、志子田は患者データにあった母親の携帯番号に電話をかけた。しかし、つながらず留守電へと切り替わる。

「丘珠病院の志子田と申します。深田奈美さんの携帯でお間違いないでしょうか？　息子さんが本日からＰＩＣＵに移り、治療を進めていきます。一度、お母さまにお会いしてお話ししたいのですが……ご連絡ください」

電話を切った志子田に、「ちょっと何回電話してんの」と綿貫が詰め寄ってきた。

「だって、治療方針を決めるにはお母さんに会わないと始まらないじゃないですか」

「乳児院や児相の方には連絡したの？」

「はい。電話で深田奈美さんに病院に来ていただける用お伝え願えませんかと」

「電話だけ？」

「はい」

やれやれという表情で、綿貫は志子田のほうを向いて言った。

「引き出したい情報は、ちゃんと向き合わないと手に入れられないことがあるの。なんでもかんでも電話じゃなくて」

と、奥のベンチにいた女性が綿貫を見て、立ち上がった。

「佐々木《ささき》さん」と綿貫が志子田に紹介する。「赤ちゃんが預けられてた乳児院の方」

事情を知っているのは母親ではなく乳児院のスタッフさん……。

患児の現実を突きつけられ、志子田の表情が曇る。


佐々木から聞いた話をもとにどうにか治療計画をまとめ、志子田はそれを植野、綿貫、今成、羽生に配った。

「えっと、お手もとの資料をご覧ください。ベビーがRSウイルスに感染したのは、乳児院でのことだと思われます」

「いやそりゃそうだろ」と今成がツッコむ。「産科と乳児院しか行ってねえんだから」

出鼻をくじかれ黙ってしまった志子田を、「続けて」と植野がうながす。

「昨日からどんどん悪化して、努力呼吸の症状が出て、救急車で搬送されたと」

羽生が資料に目を通し、言った。

「陰圧室に入るほどではないと思いますが、みなさん手袋とガウンをお願いしますね」

ふたたび黙ってしまった志子田を、今度は綿貫が強めにうながす。

「治療計画！」

「ネーザルハイフローで呼吸はいったん安定しています。このままでいければ、え〜」

「……いけなかった場合！」

綿貫にうなずき、志子田は続ける。

たどたどしく話す志子田を、植野、今成、羽生の三人が温かな目で見守っている。

「綿貫先生がいい指導をしてくださってますね」

「ささやき女将《おかみ》みたい」

今成のうまいたとえに、「たしかに」と羽生が笑う。

「なんですか、それ？」

「え？　知らないの？　しこちゃん先生」

「すみません」

プレゼンを終えた志子田と、細かく指導を続ける綿貫に、植野が落ち着いた声で言った。

「この赤ちゃん、状態が搬送時より少し悪化しています。乳児はモニターのアラームが鳴りやすいので、アラームに慣れないように」

「はい」と綿貫が気を引き締める。

「無呼吸発作が一番怖い。そうなると命に関わりますから」

「……はい」と志子田はうなずいた。

網走から祖父母が見舞いにきて、淳之介の顔に笑みが戻った。父親の亮平を交え、四人で楽しそうに話をしている淳之介の姿に、志子田は安堵する。

いっぽうで、名前すらもらっていない赤ちゃんはひとりきりで病と闘っている。

「……」

と、廊下のほうから何やら騒がしい声が聞こえてきた。

「?」

志子田がPICUを出ると、羽生が中学生くらいの少女に詰め寄られている。

「ふざけないでよ。こっちの時間をなんだと思ってんの」

しゅんと頭を垂れていた羽生は、いつの間にか志子田、植野、今成が集まり、興味津々といった顔で様子を見守っているのに気がついた。

「なに見てるんですか！ 仕事しなさいよ！」

「なに偉そうに！」と少女がツッコむ。「娘は宅配じゃないのよ！」

志子田と今成は顔を見合わせた。

「……娘？」

少女はふたりへと向きを変えると、ペコッと頭を下げた。

「羽生希子《きこ》と申します。母が大変お世話になってます」

「羽生仁子に、希子」

なんて語呂がいい……。

感心する今成に、羽生が言った。

「長女なんで、希望の子って意味でね」

「何が希望の子だよ！」

その言い方が植野を責めるときの羽生そのもので、「うん、似てる」と志子田はひとり納得するのだった。


夕食前の回診で綿貫が淳之介のもとを訪れている。

「もうすぐ違うお部屋に移れるからね。そこのほうがもうちょっとおしゃべりとかしやすいかも」

優しい口調でそう話しかけると、淳之介がボソッと言った。

「……ここでいい」

「どうしたの？」

「手術怖い……。」

「今度はここに針金入れるって聞いた」と淳之介はギプスで固められた足をこわごわ指さす。

「そっか。じゃあね」

綿貫は辺りを見渡し、赤ちゃんのベッドで今成が麻酔を投与しているのを見て、淳之介に顔を近づけた。ナイショ話のように耳もとでささやく。

「魔法のマントをあげよう。特別だよ」

そうして大きく手を広げ、ふわっと包むように淳之介の身体にヴェールをかける仕草をする。

「？」

「透明だから見えないけど、これがあれば手術している間、淳之介くんは時間を飛び越えられるんだよ」

「タイム風呂敷みたいに？」

「惜しいな。むしろ、どこでもドアかな。このマントを持ってれば、手術なんてすぐ終わっちゃうよ」

そう言って、淳之介の頭を優しく撫でる。

処置を終えた今成が微笑みながら綿貫に言った。

「俺の仕事がなくなるな」

綿貫は無視し、淳之介のベッドから離れた。ナースステーションへと向かう綿貫の背中にさらに今成が声をかける。

「しこちゃんにも、この百万分の一だけでも優しくしてやってくれよ」

ナースステーションに入ると羽生が寄ってきた。

「先生、今日は日勤でしょ。帰らないの？」

「誰かさんと組んでて残務があるんです」

「先生、そろそろでしょ？　例の日」と羽生が話題を変える。

話したくないので黙っていると、羽生はさらに続けた。

「準備とか言いにくかったら私になんでも――」

綿貫はさえぎるように言った。

「しゃべり方そっくりですよね」

「お嬢さん。こっちまで声聞こえてきたんで」

声にならない声で、羽生は小さく言った。

「ああ……、すみません」

医局の自席で志子田が検査結果を見ている。数値を見てもなかなか回復の兆しが見えてこない。

そこに、一本の電話が掛かってきた。看護婦の根岸が出て、志子田を呼んだ。

「志子田先生、深田奈美さんから電話です」

志子田は慌ててデスクの電話の受話器をとり、保留ボタンを押した。

「丘珠病院の志子田です。お電話ありがとうございます」

「もう、電話かけてこないで」

電話の向こうから、消え入りそうな声がさらに聞こえてきた。

「会えない」

「ご事情があるなら、お話聞かせてもらえませんか？」

「母親になんかなれない！」

叫び声と同時に電話は切れた。

「……」

*

休憩室のテーブルに志子田と河本が向かい合っている。小さいスプーンでちまちまとヨーグルトを食べている志子田に対し、河本は勢いよくカツ丼を頬張っている。

力なくスプーンを動かしながら、志子田がため息混じりにつぶやく。

「来ないって」

「え」

「母親にはなれないってさ」

「養育の意志なし、だもんね」

「母親はそうかもしれないけど、子どもはお母さんに会いたいんじゃないかな。点滴のルートをとるとさ、ちょっと嫌がるんだ。苦しいとか痛いとかわかってんだよ。そういうとき、お母さんにそばにいてほしいんじゃないかなって……。もし、万が一のことになったら、名前もつかないまま……」

志子田の思いを察し、河本は言った。

「もどかしい気持ちはわかるよ。実はさ、私、あの赤ちゃんが搬送されてきたとき、全然太刀打ちできなくてさ。何かしたいのに、何もできない……役に立てない不甲斐なさっていうか。もう腹が立ってさ。悔しくて、悲しくて……でもさ、私たちじゃどうもできないことってあるじゃん」

話しながら、苛立ちをぶつけるように河本はバクバクとカツ丼を食べる。

そんな河本をあきれるように志子田は見つめた。

「落ち込んでるのによく食べられるな……」

夜になり、志子田が淳之介と赤ちゃんの管理をしていると東上がやってきた。

「淳之介くん、寝たかな？」

「はい、ぐっすりと」

東上に応え、志子田は赤ちゃんへと視線を戻す。その瞬間、モニターのアラームが鳴り響いた。

「！」

赤ちゃんは咳き込み、ミルクを吐き出した。

「嘔吐だ」と東上が駆け寄る。「吸引しよう」

「はい」


吐しゃ物の吸引を終えた赤ちゃんの胸の音を植野が聴診器で聴いている。

「吸入したけど、サチュレーションがどんどん下がってる……。すぐに気管挿管しよう」

聴診器を離し、植野は言った。

「無気肺を合併したね」

気管挿管し、赤ちゃんはどうにか落ち着いた。そこに息を切らした綿貫が入ってきた。

「植野先生、遅くなってすみません」

「いえ。しこちゃん先生がちゃんとみてくれてましたから」

志子田が、「あの……」と口を開く。「やっぱりお母さんに来てもらったほうがいいと思うんです」

「お母さんが会いたくないと言っているそうですね」

「……はい。でも、この子、こんなに苦しい状態なのに……。必死に頑張ってるこの子をひと目見たら、お母さんも変わると思うんです……」

「しこちゃん先生」

「……はい」

とがめるでもなく、淡々と植野は言った。

「いろんなお母さんがいますからね。いろんな子どもがいるように」

「……」

ふたりのやりとりを聞きながら、綿貫はかすかに胸を動かす赤ちゃんを見つめている。

植野の助言は心に留めつつも、志子田は翌日も奈美に電話をかけ続けた。リダイアルの数が二けたを超えたとき、根負けしたのか回線がつながった。

勢い込んで志子田は話しはじめる。

「お母さん、丘珠病院の志子田です。あの、やっぱり来てくださいませんか。息子さん、呼吸の状態が悪くて、ついに人工呼吸器をつけることになりました。お母さん、ひと目でいいんです。会いにきてもらえませんか？……お願いします」

返事はないが、湿ったような息づかいが聞こえる。

やがて、かすかな声が絞り出された。

「……ごめんなさい」

声をかき消すかのように飛行機の音がかぶさる。

気がつくと電話は切れていた。

志子田は医局を飛び出した。

飛行機の離着陸時の音は聞き慣れている。通勤途中に何度も聞こえるからだ。つまり、彼女は病院の近くまで来ている！

正面玄関を出たとき、門に差しかかろうとしている若い女性の背中が見えた。

「深田さん……!?」

志子田は声をかけながら、走り出す。

女性は一度立ち止まるが、すぐに早足で門を出た。志子田が速度を上げ、追いつく。

「深田奈美さんですよね？」

女性がゆっくりと振り向いた。


近くの喫茶店へと場所を移し、志子田は奈美と向かい合う。

「親には言わないでください」

「……」

「あの子の父親には何度も連絡したけど、連絡とれなくて……どうしようって思ってるうちに、もう堕ろせない時期に……」

「そうだったんですね」

「産んだらもう会わないって親に約束したんです」

ひざに置いた奈美の手がきつく握られる。

「……深田さんご自身はどうなんですか？　会いたくはないですか？」

奈美の口から本音がこぼれる。

「生まれてこないでって思ってた」

「……」

「育てられるわけないじゃないですか……私は母親になれない……」

「……」


夜勤を終えた志子田が疲れた顔で玄関のドアを開けた。

「……ただいま」

陽気なハワイアンに迎えられ、怪訝そうに居間を覗く。なかでは南と桃子がフラダンスを踊っていた。

「……何やってんの、朝から」

「自主練！　あたしたち、ホノルルの大会出るから」

「出るから〜」と腰を振りながら、桃子も続く。

志子田はあきれ、それ以上の追及をやめた。

風呂から上がると、南と桃子はのんびりとお茶をしていた。

「もうお菓子休憩か？　ホノルルはいいのか？」

「赤ちゃんいるから休み休みやってんの」と南が桃子の丸いお腹を目で示す。

「母ちゃんのは脂肪だろ」

南はムッとした顔を息子に向ける。

「今のは女性に言っちゃいけないよね」

「禁句だったね」と桃子もイエローカードを突きつける。

「最低！」

「最悪！」

「なんだよ、いつもそうやってふたりしてさ……」

台所へ避難する志子田に南が言った。

「あ、ついでにポット保温にしといて」

「……」

冷えた麦茶を手に戻り、志子田もテーブルにつく。

「そう言えばこの前、丘珠病院で診察受けてきたよ」と桃子が言った。「で、母親学級にも参加してきた」

「そっか。もう八か月だからうちに来たのか」

「桃ちゃん、丘珠病院で産むんだ」と息子に教え、南は桃子へと顔を向ける。「私も、武四郎、丘珠病院なの」

「そうなんだ。なんかさ、私だけ全然準備できてなくて焦っちゃった」と桃子が話を戻す。

「大丈夫大丈夫。なんとかなるから」

「周り見てると自分だけ愛が足りないんじゃないかって思っちゃったんだよね。うちなんて名前もまだ決まってないんだよ」

「大丈夫よ。うちなんかなんにもしてないけど、なんとなくこれくらいに育ったから」

ふたりの会話を聞きながら、志子田の思いは自然と奈美へと向かう。

「……ねえ、母親ってやっぱりさ、子どもが無条件に可愛いもんだよね？」

「なに、自分のこと？」と南が訊ね返す。

「違うよ。一般論として」

「そうねぇ、そうとも言えないいかな」と南はあっさり否定した。「長年不妊治療して、やっとのことで武四郎を妊娠して、あんたのために絶対に最高の母親になるって決めたんだけどね」

初耳だったのか、「えー」と桃子は驚く。

「でも、このありさまよ。もう母親疲れちゃったなんて、何回も思ったもん」

「え……」

「頑張った弁当捨てられたときとか、ワケわかんないちょっと遅れた反抗期とか」

矛先が自分に向き、志子田は逃げるように立ち上がった。

「おやすみ」

「おやすみ」と見送り、桃子は南に言った。「ふてくされちゃったんじゃないの？　たけちゃん、お母さん大好きなのに」

「でも、そりゃ人間だもん、そう思うときあるよ。桃ちゃんもそういうとき来ると思う。母親から逃げ出したいとか、自分には育てられないなとか」

「……そういうときはどうするの？」

「一番可愛かったときのことを思い出す」

「どんなとき？」

少し考え、南は言った。

「遊園地で迷子になったときかな」

斜め上の答えに、桃子は身を乗り出す。

「それ聞きたい」

「あと、寝てるときは今でも可愛いよ」

そのとき、志子田はデスクに突っ伏し、広げた参考書を片手に寝落ちしていたのだが、大口を開けて眠るその姿はお世辞にも可愛いとは言えなかった。


その日の夕方、出勤した志子田は今朝奈美と会ったことを植野に報告した。植野の表情が曇るのに気づかず、意気揚々と告げる。

「お母さんの事情もわかったので、これからはアプローチを変えて、どうにかこっちに来てもらえるようにと考えてます」

「しこちゃん先生、少しいいですか」

「？」

植野は中庭へと志子田を連れ出し、話しはじめる。

「医者をやっているといろんなことがあります」

「どうしたんですか、急に」

「……深田奈美さんのお父さんから訴える意思があると、病院に連絡がありました」

「え、訴えるって……」

ワケがわからず、志子田は動揺する。

「深田さんを精神的に追い込んだと……志子田先生宛でした」

「!?」

「奈美さんは産後間もない。今は少し距離を置いたほうがいいかもしれません」

「……」

「もちろん、悪気がないのはわかっています。志子田先生が一生懸命なのも」

「すみませんでした……」


植野と別れ、医局に戻ってもまるで仕事が手につかなかった。

どのくらい時間が経っただろう。

気づくと、目の前に綿貫が立っていた。

「植野先生から聞いた」

「……はい。すみません。訴えるって言われて、なんかすごい、力がすとんと抜けちゃいました。何をするのも怖くなって」

「……」

「綿貫先生、裁判抱えてらっしゃるんですよね。それでも患者さんのために働いて、すごいと思います」

「……すごくないわよ」

「すごいです。ホント、迷惑かけてすいません。あの子のこと、お願いします」

「……」

＊

資料を整理している志子田は、陰鬱な空気を漂わせていた。見かねた今成がおどけてデスクから声をかける。

「しこちゃん、俺の歓迎会やってよ。懇親会でもいいけど」

「あ、でも、事務作業があるんで」

あっさり断られ、今成は羽生へと視線を移した。「やる?」

「先生とサシは嫌だな～」と羽生はふたたびペンを動かしはじめる。書き終わり、ホワイトボードを指さし、言った。

「忘れないでくださいね。土曜日運動会なんで、金曜日は残業なしで」

「うちは大丈夫。ブラックじゃないから。ほら、ホワイトだから」

ドヤ顔で白衣を指さす今成に、ふたりから乾いた笑いが浴びせられる。

医局に入ろうとした綿貫は楽しげな声に足を止めた。

「……」


綿貫がPICUに入ると、植野が厳しい表情で赤ちゃんのモニターを見ていた。この世に出てきたばかりの華奢で小さな命は、それでも生きようと懸命に頑張っている。

その健気さに、綿貫はたまらなくなる。

果たして自分の決断は正しいのだろうか……。

激しく揺れる心をどうにか落ち着かせ、綿貫は植野に声をかけた。

「……植野先生、お話ししたいことが」

「?」

私服に着替えた綿貫が廊下を歩いていると、羽生が走って追いかけてきた。

「辞めるつもりなんですか?」

綿貫は足を止め、振り返る。

「理由は？」

「もうそこそこ人もいるじゃないですか」

「私も犠牲を払わないといけないと思ったんです」

「志子田先生見てかわいそうになっちゃたの？　綿貫先生の件とは違うでしょ？」

「羽生さん見たでしょ。私の手が震えてたの。もう潮時だと思う」

それ以上かける言葉が見つからず、去っていく綿貫を羽生は黙って見送るしかできなかった。


翌日、出勤した志子田は新たに作った治療計画を植野に見せた。

「タブレットを使って、お母さんに赤ちゃんの姿を見せてあげるのはどうでしょう？」

「志子田くん」

「お母さんと距離をとったほうがいいと言われたのはわかってます。でも何か、できないかと……」

志子田の意識が前向きに変化したのは、昨夜河本から綿貫が患児の担当を外れたという連絡が入ったからだ。

このままあの子を見殺しにすることはできない。

「あと環境整備の面からも、やはりお母さんと触れ合う時間をとってほしいんです。きっと回復に……」

そのとき、医局に綿貫が入ってきた。

志子田は綿貫に訊ねた。

「先生、あの赤ちゃんの担当から外れたって本当なんですか？」

「……本当だけど」

「こんな状況なのに急に担当外れるって、何があったんですか？　ちゃんとあの子のこと真剣に考えてるんですか？」

「植野先生にお願いしたから」

「無責任じゃないですか」

志子田の声が熱を帯びていく。

「母親の神経逆なでしたあなたは無責任じゃないの？　産後のつらさもある。母親の精神乱してどうするの」

「先生は母親に優しいですよね」

「は？」

「甘いって言うんでしょうか」

怒りに任せ、暴走しそうになる志子田をなだめるように植野が言った。

「違いますよ」

しかし、志子田は止まらない。

「あの子は亡くなってしまうかもしれない」

今度は綿貫が顔色を変えた。

「そんな言葉で母親を脅したの？」

「母親の気持ちばかり考えて、子どもに何かあったらどうするんですか？」

「母親だってそんなことはわかってる。あんたがわかってあげようとしてないだけでしょ！」

声を荒らげる綿貫に、志子田も応戦する。

「わかりませんよ、母親の気持ちなんて！　母親じゃないんですから！」

「……」

「しこちゃん先生」と植野が割って入る。

しかし、志子田は続けた。

「それは、綿貫先生だって同じですよね！」

綿貫は応えず、しばし重い沈黙が辺りを包んだ。

「……すいません」

「……そうね、言う通り。私が言い過ぎた」と綿貫は矛を収める。

「勤務に戻りましょう。予定の時間を過ぎてしまいました」

植野の声で、ふたりはそれぞれのデスクへと戻っていく。


医局から出てきた志子田に、羽生が声をかけた。

「ねえ、自分が思うよりも先輩たちはいっぱいいっぱいで、楽に仕事をしてるわけじゃない。楽なふりをするのがうまくなるだけだと思うよ」

「でも、途中で担当を外れるなんて」

「綿貫先生が患者のことをどうでもいいなんて思ってるわけないでしょ」

「……」

「ひとにはひとの事情があるのよ」

「……」


その夜、餃子の大皿をはさみ、志子田と南が食卓で向き合っている。自分の皿に餃子をとりながら、南が言った。

「この前桃ちゃんにさ、あんたが一番可愛いときはって聞かれてからさ、よく思い出すのよね、遊園地のこと。覚えてる？」

「……何それ」

「ほら、四歳くらいのとき。絶対に手を離すなって言ったのに、迷子になってさ。お母さん必死になって捜してたら、あんたのビービー泣く声が聞こえてきて」

「は？　ビービー泣かねえよ。〝泣くな〟がうちの家訓だろ」

「泣いてたから。あのとき、お母さんを必死になって捜してたでしょ」

「覚えてない」

「ずっとお母さんを捜し求めてましたって顔が、いいんだよね。今じゃさあ、こんなんになっちゃって」

「食べなよ。冷める」

「……」

頬張った餃子を飲み込み、志子田が言った。

「……うちの餃子って、なんでニンニク入ってないの」

「また文句？　一応、バスガイドだからね。修学旅行生に口臭すんぞって言われたくないでしょ」

「へえ……」

納得する息子に、南は言った。

「違うよ。母の愛だよ」

「口臭まで気にしてくれてるのが？」

「あんたが小さい頃ニンニク食べて鼻血出して、もうびっくりして、それから怖くて入れてない。なんかそっから自分も食べられなくなっちゃった」

意外すぎる理由に志子田はどう反応していいかわからない。

「母は強しって言うけど、でも同時にとっても怖がりで繊細な生き物なんだよ」

「俺は好きだけどね、ニンニク」

そうか……。


湯船につかりながら母の言葉を考えていると、おぼろげな記憶がよみがえってきた。そびえ立つ巨大なアトラクション、前を行き交う知らない大人たち、色とりどりの風船を手にした不気味なピエロ……。

不安と恐怖で声をかぎりに母を呼び、泣き叫んだ。

どのくらい経ったかわからない。

声が嗄《か》れ果てた頃、気づくと母の腕にきつく抱かれていた。

その温もりに安堵し、涙が引っ込んだ。それと同時に、なぜかまた泣きたくなったのが不思議だった。

*

手術当日の朝、綿貫が淳之介のもとへとやって来た。

「先生、魔法のやつが落ちた。取って」

綿貫はベッドのわきにかがみ、見えないマントを拾うとその埃を払う。

「ほら、元通り」とそれを淳之介にかけてあげる。

安心したように笑う淳之介に綿貫も笑みを返す。

淳之介はベッドに横になったまま手術室へと運ばれていく。付き添いの亮平が、「なんだったの？」と今の綿貫とのやりとりについて訊ねる。

「ヒミツ」

ＰＩＣＵを出ていく淳之介を、奥から志子田が見送っている。

そんな志子田に目をやりつつ、綿貫は歩きだした。羽生が背後から声をかける。

「当日の朝くらい休めばよかったのに」

「午後からなので」と返し、綿貫はＰＩＣＵを出ていく。


裁判所の入口の前に険しい表情をした男が立っていた。札幌共立大の渡辺だ。

無視して通りすぎようとする綿貫に向かって、渡辺が口を開いた。

「君がやろうとしていることは、過去の医者たちが心血を注いで積み上げてきたものを一切合切無駄にすることなんですよ」

「……私は、もう医者ではなくなりますので」

そう返し、綿貫は裁判所へと入っていく。


志子田がＰＩＣＵから医局に戻ると白衣を脱いだ植野が待ちかまえていた。

「しこちゃん先生、行きますか」

「……早いお昼ですね」

病院を出て、いつもとは反対方向に歩きだした植野に志子田が言った。

「ラーメン屋、逆ですよ」

植野は応えず、右手を上げる。通りがかったタクシーがふたりの横で止まった。

そのままタクシーに乗り、連れてこられたのは裁判所だった。

初めての傍聴席に尻が落ち着かず、志子田は居心地悪そうに辺りを見回す。正面の一段高い場所に三つ席がある。あそこに裁判官が座るのだろう。右と左に直方体のテーブルがあり、こちらは原告と被告の席か。どっちにどっちが座るのかはわからない。全体的にドラマや映画でのイメージよりも法廷はずいぶん狭かった。

植野は自分たちとは反対の右端に座る渡辺に気づき、会釈した。渡辺は厳しい眼差しを向けたあと、ふいと目を背ける。

いまだキョロキョロと視線が定まらない志子田に、植野が言った。

「しっかりと見ていてください」

「はい……」

扉が開き、弁護士の轟《とどろき》と一緒に綿貫が入ってきた。

法廷に一礼し、原告側の左の席に座る。

しばらくして裁判長が現れ、開廷を宣言した。

裁判長にうながされ、綿貫が証言台に立つ。轟が質問を始める。

「あなたの経歴についてうかがいます。あなたは二十五歳のときに札幌共立大学の医学部を卒業し、同大学の救命医として働きはじめましたね?」

「はい」

「二〇一九年に第一子を妊娠された?」

「はい」と綿貫はうなずき、自身について語っていく。「結婚してすぐに自身の排卵に難があることに気づき、二〇一六年頃から投薬治療を主とした不妊治療を開始しました」

「二〇一九年の二月頃から産休に入ったと記載されていますが」

「三年の不妊治療の結果、娘を妊娠しました。ですが、妊娠中も体調不良は治らず、仕事にも支障が出はじめたので、早めに産休に入りました。何度か切迫流産の危機がありましたが、妊娠三十六週を迎えました」

「陳述書には九月二十日に激しい腹痛を覚えたとありますが」

「はい」

当時を思い出したかのように、綿貫の顔がわずかにゆがむ。

「妊娠初期もいろいろなことがあったので入院したいと訴えましたが、胎児に異常がないということで帰されました。ですがその後、大量に出血しました」

朦朧《もうろう》となる意識のなか、どうにか消防救急に電話をすることはできたが、救急車に乗せられたあとのことはよく覚えていない。

「その時点で娘さんはまだ生きていたのですか?」

「わかりません」

「その後、開腹手術され、それと同時に……死亡が確認されたそうですね。娘さんはいつ息を引きとったのでしょうか?」

「……わかりません」

綿貫は言葉を詰まらせ、静まり返った法廷に上下する喉の音がかすかに響く。長い沈黙のあと、搾り出すように綿貫が言った。

「ですが……その晩……死亡が確認されました」

轟が資料を見ながらに綿貫に確認する。

「二五一〇グラム。保育器なしでも生存できた大きさですね」

「はい。私が異変を訴えた際にすぐに入院し、危険な状態になったらすぐ帝王切開されていれば……娘は……」

ふたたび言葉に詰まる綿貫を、志子田はぼう然と見つめた。

医療裁判というから、てっきり訴えられた側だと思い込んでいたが、まさか原告側だったとは……。

しかも、そんな悲痛な経験をしていたなんて……。

気持ちを落ち着け、綿貫は口を開いた。

「娘は、生存できたかもしれない……。」「その可能性をすべて病院に潰され、死んでしまった？」

「異議あり！」と被告側の弁護士が手を挙げた。「それは誘導です。病院の対応には落ち度がなく、緊急時には開腹手術で母体を優先するとの夫の承諾書もあった。病院に責任があるというのは事実と異なります」

「どこが事実とは異なるんですか」

綿貫は被告席へと視線を向け、問うた。

「教えてください。事実とは異なるというになら、あなた方が見た真実を教えてください。どの状態まで娘は生きていて、死ぬときに誰がいたのか。一人ではなかったか。死ぬ前に外の空気を吸ったことがあるのか……私は知りたいんです」

切々と綿貫は訴える。

「あなた方は、すぐに示談の話で煙に巻いて、何一つ私の欲しい情報を与えてくれなかった」

思わず被告席の医師が叫ぶ。「医師としての良心はないのか」

彼にとっては医師が医師を訴えるなど、あってはならないことだった。しかも、どんな予測不能の事態が起こるかわからない救命の現場を知り尽くしている救命医が。

興奮する医師に、「静粛に」と裁判長が告げる。

綿貫は言った。

「私は、この件で子宮を失いました」

衝撃の事実に、志子田は絶句する。

「私が母親になることは二度とありません」

そう告白し、綿貫は厳然たる口調で続けた。

「娘の命を奪った病院に一億円の損害賠償を希望します」

法廷の空気が一変した。


法廷の外で待っていたものの、いざ綿貫が出てくると志子田はなかなか声をかけられない。見かねて植野が先に歩み寄った。

「すいません、来てしまいました」

特に表情を変えず、綿貫が返す。

「気づいてました」

「志子田先生に綿貫先生のことを誤解してほしくなかったんです」

「……すみませんでした」と志子田は綿貫に頭を下げた。

「こちらこそ」

「じゃ、帰りましょうか」

三人が歩きだそうとしたとき、渡辺と被告の医師が法廷から出てきた。追い抜きざまに医師が綿貫に吐き捨てた。

「金目当てだろ」

渡辺も冷ややかな一瞥をくれ、去っていく。

その場で動けなくなった綿貫に植野が言った。

「大丈夫。無視しなさい」

「そうですよ、無視しましょう」と志子田も綿貫をうながす。

綿貫がゆっくりと歩きだし、志子田と植野が横に並ぶ。

黙々と歩いていた志子田だったが、徐々にその表情に怒りの色が浮かんでいく。

「しこちゃん？」

志子田はふいに立ち止まると、「ちょっと、すいません」とふたりに言い残し、渡辺と医師のほうへと駆け出した。

「あの、すいません。すいません！」

志子田の声に反応し、前を行くふたりが振り返る。

「あの、ちょっと僕には関係ないんですけど」と言いつつ、志子田が医師に詰め寄る。

「でもね、ちょっとよくないと思います。いや、すげえ悪いです。最低だと思います」

慌てて追いつき、「何やってるの」と綿貫が止めようとする。しかし、志子田はなおも医師へと迫っていく。

「全然言ってることわかんないです。なんでそうなるんですか？　お金と命のことをあなたが勝手につなげて話さないでください。お母さんが子どもの命に値段をつけるなんて、そんな発想あんたぐらいですよ。綿貫先生がなんにも感じてないわけないじゃないですか！　母親が自分の娘の最期を知りたくて、何が悪いんですか」

「なんですか、この人！」と医師は助けを求めるように植野を見る。

「謝ってください！　ねえ！」

「もういいから」と医師に食ってかかる志子田の手をとり、綿貫が引きはがす。その隙に渡辺は医師を連れ、その場を離れた。

「よくないですよ！　全然よくないですよ！　謝ってください」志子田はなおも続ける。

「もういいから……」

志子田、綿貫、植野が裁判所を出ると、羽生と今成が階段の下で待っていた。

「おーい遅いぞ」と今成が三人を手招きする。「懇親会、行こ」

病院近くの居酒屋に腰を落ち着けると、さっそく羽生がタッチパネルを手にとった。

「二時間ですからね」と植野が釘を刺す。「飲み放題も二時間だし、我々のシフト的にも二時間です」

「焼き鳥はタレ？　塩？」

「ようやくこのメンバーで集まれましたね」と感慨深げに植野がテーブルを囲む一同を見回す。が、病院で嫌というほど顔を合わせているだけに反応は薄い。

「余ればば志子田くんにあげればいいか」

注文を終えると、羽生は綿貫に訊ねた。

「裁判はどうだった？　疲れた？」

「自分が起こしたことですから」

「でもさ、勝負事っちゅうか、そういうのは疲れるだろ」と今成が綿貫を気づかう。

綿貫は小さく首を振った。

「……勝ちたくて始めた裁判じゃないので。私は知りたかっただけなのに、裁判という形をとるしかなかったんです」

「……そうでしたか」と植野。

「いろいろ気をつかってもらってすみません」

綿貫はそう言うと、ずっと黙り込んでいる志子田へと顔を向けた。

「志子田先生、言ったよね。お母さんに甘いって」

「それは……」

「ごめん。そうなのかも。なんだろう……憧れてるんだと思う。お腹のなかに子どもができれば誰でも母親になれる。でも、誰でもなれるものじゃないから」

重い言葉に座敷がしんと静まり返る。

沈黙を破ったのは志子田だった。

「僕は……僕は母親にはなれないから、綿貫先生の気持ちも深田さんの気持ちもわかりません。でも、子どもの気持ちはわかります」

「……」

「すごく小さいころ、母親から離れたときに、不安だったのを今でも覚えてるんです。会いたかった。たしかその前も、喧嘩して大嫌いだって思ってたけど、母親に会いたくて、捜して……見つけたとき、すごく安心したんです。今でも覚えているんです。ああ、お母さんの匂いだって」

「……」

「きっと綿貫先生のお子さんも会いたかったと思う。それを思うと……か……」

鼻を鳴らし、言葉を詰まらせながら、志子田は懸命に続ける。

「かわいそうというか……悲しいです……」

その目に浮かぶ涙を見て、綿貫がツッコむ。

「お前が泣くなよ」

しかし、彼女の目にもまた涙があふれている。

植野が優しく綿貫に訊ねた。

「お子さんの名前は？」

「沙耶《さや》、でした」

「素敵な名前ですね」

堰《せき》を切ったように綿貫は泣きだした。

「戻ってきてよ、綿貫先生」

植野はそう言って、震える綿貫の背中にそっと手を置く。

「先生いないと寂しいよ」

「……」

赤ちゃんのチェックから戻った志子田は奈美に電話をかけようとデスクの受話器をとった。しかし、すぐに考え直し、自席にいる綿貫に声をかける。

「綿貫先生、深田さんに電話してもらえませんか？　僕じゃ説得できません。でも、綿貫先生ならできるかもしれません……」

「……担当医だしね」

腹をくくり、綿貫は受話器へと手を伸ばす。

＊

翌日、奈美は丘珠病院のＰＩＣＵを訪れた。

小さなベッドに横たわる我が子を前に、奈美は怖《おそ》れと不安、そして喜びがない交ぜになった複雑な感情に戸惑っていた。

「触っても、いいですか？」

「はい」

志子田がそう答えると、奈美は恐る恐るベッドに横たわる我が子に手を伸ばし、そっとその頬に触れた。

「……遅くなってごめんね……蒼《あおい》」

「蒼くん……」

綿貫は赤ちゃんを抱く奈美に微笑む。「いい名前ですね」

「……生まれる前から決めてたんです……この名前にしようって」

奈美は腕のなかの我が子に何度も謝る。

「ごめんね……本当にごめんね」

「謝らないでください。蒼くん、喜んでますよ」

伝えたい思いを、綿貫は素直に言葉にした。

「あなたはこれからお母さんになるんですから」

「……」

「ゆっくりお母さんになってください」

奈美の目からボロボロと涙がこぼれ落ちた。同時に今まで感じたことがない幸せな思いが胸に満ち、奈美は自然に微笑んでいた。

医局へと戻りながら、志子田はあらためて綿貫に礼を言う。

「綿貫先生、ありがとうございました」

「いいえ」

「あと……ごめんなさい。ホント、すいませんでした」

「何が」

「いろいろと無神経でした。申し訳ないです……」

あの裁判のあと、それまでの綿貫へのあんな発言やこんな発言を思い返し、志子田はかなり落ち込んでいた。

「知らなかったんだから、しょうがないでしょ」

「でも――言い過ぎました」

「そんなことない。私も……その……動けない人見るとついイラッと。悪かった……」

綿貫からの意外な謝罪に志子田が面食らっていると、綿貫はさらに言葉を続けた。

「あのさ」と綿貫が志子田のさらなる謝罪をさえぎる。

「はい」

「あの資料、ひどかった。まともな論文とか書いたことないくらい。特に国語力がヤバい」

「なに、何なに」

「蒼くんの計画表」

「あ」

「私ならOK出さないね」

「えー」

以前とはまるで雰囲気が変わり、じゃれ合うような掛け合いをしながら医局に入ってきた志子田と綿貫のふたりを見て、植野と羽生が笑みを交わす。

「蒼くんのご家族はクレームを撤回してくれたそうです」

「危なっかしい先生たちだわ」

そんなことを言いながら備品の補充をしている羽生に歩み寄り、「いい加減、早く帰ったらどうですか？」と綿貫がその手から備品の箱を奪う。

「え？」

「明日、運動会なんじゃないですか？ また娘さんに怒られちゃいますよ」

「覚えてくれてたの、綿貫先生だけだ。ありがとうね」

大げさに感激する羽生に、綿貫は照れくさそうに笑みを返す。

いっぽう、志子田は綿貫からのダメ出しに落ち込みながら席に戻った。デスクの上にはメモが貼られた治療計画書が置かれていた。

『改善点無数にあり。清書求むが、本筋は良し』

綿貫のメモを読み、志子田の顔がほころんでいく。

産婦人科のベンチで桃子が会計の順番を待っていると、志子田と河本が連れだってやって来た。

「桃子～、担当、何先生だった？」

河本に訊かれ、桃子が答える。

「今日は女の先生だった。すごいきれいな」

「ああ、武四郎が連絡先聞こうとして断られた人だ」

「ちげえよ！　あれは同期に聞きだせって言われたから」

焦って否定する志子田をまるで気にせず、桃子は言った。

「そんなことよりさ、昨日、悠太、札幌で見たんだけど」

「え、俺なんも連絡もらってねえぞ」

「気になったから電話したんだけど、全然出なくて」

どういうことだ……？

志子田が首をひねっていると、桃子の順番が回ってきた。

桃子が会計している間、志子田は矢野の携帯にかける。しかし、つながらなかった。

「つながんねえ」

「仕事じゃない？」

「だよな」とスマホを耳から離したとき、ポケットで院内スマホが鳴った。


志子田が救命救急科に駆けつけると、ちょうど植野も来たところだった。患児を診ていた東上が付き添いの両親と話をしている。

話を終え、東上はふたりのほうへと歩み寄った。

「すみません、駆けつけてもらったのに。もう大丈夫です」

単なる脱水症状で意識もしっかりしているので、ＰＩＣＵに入るほどではなかった。

「わかりました。よかった」と植野は安堵する。

植野と一緒にその場を立ち去ろうとしたとき、新たな患者が搬送されてきた。横を走り過ぎていくストレッチャーを一瞥し、成人男性だから関係ないかと思ったと同時に、志子田は嫌な予感に襲われ、振り返った。

ストレッチャーに乗っていたのは、自分のよく知る人物だった。

「……悠太？」

5

救命救急科に運び込まれたストレッチャーを志子田は無我夢中で追った。植野がそのあとをついていく。

ストレッチャーが初療室に入るや、「悠太！」と飛びかからんばかりに駆け寄ろうとする志子田を、植野が慌てて抑える。

「志子田先生、落ち着いて」

東上が救急隊員らとともに矢野をベッドへと移し、状況を訊ねる。

「矢野悠太、二十七歳。A型です。札幌市内のホテルでチェックアウトの時間になっても出てこないのでホテルの従業員が見にいったところ、室内で昏睡状態で発見されたのが今朝十時半頃です。ベッドのそばに大量の睡眠薬の瓶が」

「……自殺未遂か」

廊下に漏れ聞こえてくる救急隊員と東上のやりとりに、志子田は言葉を失った。

「扉閉めて」

「はい」と東上にうなずき、虎田が初療室の扉を閉めようとする。

「手伝います」と植野が東上に申し出た。

我に返った志子田が、「俺も」と続こうとする。しかし、植野がそれを制した。

「君はここにいなさい」

目の前で閉まった扉の前で、志子田はぼう然と立ち尽くした。


フラフラと廊下を歩きながら、志子田の脳裏には記憶にある生き生きとした矢野の笑顔とストレッチャーの上の真っ青な顔が交互に浮かぶ。

たまらず志子田はトイレに駆け込むと、力なく床にへたり込んでしまった。


綿貫が蒼をみながら、ベッドわきで見守る奈美に言った。

「最近、徐々に呼吸の状態が安定してきましたね」

「よかった」

「お母さんが来てくれるの、ちゃんとわかってるんですよ。不思議ですけどね、ちゃんと蒼くんにはわかってます」

ベッドで眠る我が子を見つめ、奈美は微笑む。

着実に母の顔になってきている奈美が、綿貫は我がことのようにうれしかった。

隣のベッドでは志子田が淳之介のモニターの数値を確認している。

「しこちゃん先生」

「ん?」と視線をベッドに移すと、淳之介がヘン顔をしていた。

志子田は笑うが、すぐに淳之介は真顔に戻った。

「飽きた」

「えっ……」

「家に帰りたい」

思わず漏れた本音に、「そうだよね」と志子田もうなずく。

「俺、結構元気になったよ。網走の病院じゃダメなの?」

「……そうだなぁ、でも、網走は遠いから」

「孝之介《こうのすけ》の誕生日にはおうちに戻りたい」

「弟くんの誕生日、いつなの?」

「十八日」

「もうすぐだね」

「うん。孝之介、レゴほしいって言うんだけど、自分ひとりじゃ作れないんだよ。だから、手伝ってあげないと」

「そうか。じゃあ、それまでには戻れるように頑張ろっか」

「うん」

「よし。じゃ点滴、入れ直すよ」

「え〜」と淳之介は口をひん曲げた。

「なんだよ？　頑張るんじゃなかった？」

「わかったよ」

腕を出し、淳之介は目をギュッと閉じる。

※

浮田も交え、ミーティングルームで新たに受け入れる患児たちについてのカンファレンスが始まった。小児科科長の鈴木が病状を説明する。

「立花《たちばな》日菜《ひな》ちゃん、十歳。急性リンパ性白血病で七歳の頃からうちの小児科でみています。再発後の初回の造血管細胞の移植後に再々発してしまい、先週二回目の移植をしたところです。二回目の移植のあと、まだ白血球が戻り切らないうちに高熱が続き、敗血症を考えています。今にもショックが起こるかもしれない、危うい状況です。志子田先生は日菜ちゃんとは研修医時代からの間柄なので、状況は理解しているよね」

「はい」

「鈴木科長、ありがとうございました。今回の数値から考えると、抗菌薬をが効くのを待つ間、心不全に気をつけながら十分に輸液をして乗り切りましょう」と植野が治療の方向性を皆に示す。

今成が志子田に訊ねた。

「日菜ちゃん、過去にＤＩＣ（播種性血管内凝固症候群）になったことがあるんだって？」

「はい」と志子田はうなずく。「それで脳出血になったことが」

「そうなんです。それも心配でこちらに」

合併症の危険性も高いことを鑑み、鈴木はＰＩＣＵへの転科を決めたのだ。

「では志子田先生、担当をお願いできますか？」

志子田は植野に強くうなずいた。

「はい」

「で……もうひとり、近いうちにうちでこの子を受け入れようと思ってます」

そう言って、植野はホワイトボードを裏返した。新たな患児の情報が板面にびっしりと書かれている。

「小松圭吾《こまつけいご》くん、十二歳。小学校四年生のとき、拡張型心筋症を発症し、それから函館市内の病院で治療を受けていました」

ボードに貼られたレントゲン写真を見て、浮田が指摘する。

「心拡大が悪化してるみたいだね」

「はい。先日、発作性ＶＴ心室頻拍が起き、応急処置で命はとりとめたものの、心不全が一段と悪化し、函館の病院では治療継続が難しく、うちで受け入れることになりました」

「搬送中に不安定にならないといいんですけど」

羽生の懸念に植野が答える。

「今回はジェット機を使えることになりました」

「……ジェット機？」

ということは……とうかがう志子田に植野がうなずく。

「ついにドクタージェットを」

「すごい」

「とはいえ、計画搬送なので我々の理想からはまだ遠いですが」

「はい」

「次の金曜日、名古屋の空港からうちに来てもらう形です。だから、圭吾くんのジェット機を使うこのタイミングで、淳之介くんをバックトランスファーできないかと」

「いいアイデアだ」

賛成する今成とは対照的に東上は懸念を示す。

「予算の問題もあるし、それはかなり難しいんじゃないですか」

「難しいかもしれませんが、名古屋から函館空港で圭吾くんをピックアップし、丘珠に搬送する。そこから、網走の女満別空港に淳之介くんを搬送してもらう。そうすることでそれぞれで往復するよりもコストがかからないはずです。知事に働きかけているところなんですが」

「鮫島知事なら頑張ってくれそうな気がします！」

カンファレンスを終え、小児科に戻る鈴木を志子田が送っている。

「そういえば、志子田先生のこと植野科長がすごく褒めてたよ」

「本当ですか？」

「本当だよ。もったいないことしちゃったかな？　志子田先生追い出したのは」

「追い出した?」

「手放した」

すぐに言い直し、「日菜ちゃんのこと、頼んだよ」と鈴木は志子田の肩をポンと叩く。

「はい」

目を開けると柔らかな光の向こうから動物たちが微笑みかけてきた。壁に可愛いイラストが描かれているのだ。

動物たちを目で追っていると、視界に志子田の顔が飛び込んできた。

「日菜ちゃん」

懐かしい笑顔に、日菜の表情がパッと輝く。日々の病との闘いにやつれ、青白い顔色をしてはいたが、その瞳には強い光がある。

志子田の隣に立った植野と羽生、根岸が日菜に挨拶する。日菜がはにかんでいると枕もとにいた母が娘をうながした。

「立花日菜です、ね」

「どう?」と志子田が日菜に訊ねる。「ここが、いま先生が働いてるところ」

辺りを見回し、「今まで大人のICUだったから。ここは可愛くてよかったね」と母が言う。日菜は小さくうなずいた。

小児科で担当していた根岸が植野に告げる。

「日菜ちゃんは志子田先生ファンクラブの会長なんですよ」

「そんなのあったんだ？」と羽生が志子田へと顔を向ける。

「まあ」

照れる志子田を見て、日菜がみんなに言った。

「メンバーは私だけだけど」

和やかな笑いに包まれ、場が一気に明るくなる。

以前と変わらぬ日菜の笑顔を見て、志子田は安堵した。

自発呼吸はできるようになったがいまだ矢野の意識は戻らない。親友の具合が気にならないわけはないだろうに、普段以上に精力的に勤務に励む志子田が綿貫は痛々しくてならなかった。

ＰＩＣＵに入ると、日菜のベッドの前で志子田がモニターのチェックをしていた。

「ほら、交代するよ」と綿貫は声をかけた。

「え？　でもまだ交代の時間じゃ……」

「気が変わる前に早く行け」

綿貫の心づかいに、志子田は素直に頭を下げた。

「……ありがとうございます」


西向きの窓からベッドで眠る矢野の顔に夕陽が射している。志子田はブラインドを少し降ろし、矢野を照らす光をさえぎった。

布団をかけ直し、じっと見守る。

「……」

訊きたいことは山ほどあるが、何よりも早く目覚めてほしかった。

扉が開き、桃子と河本が入ってきた。

「悠太のお父さんとお母さん、もうすぐ戻ってくるよ」

「おう」と志子田は桃子にうなずく。


廊下に出ると、亮平が疲れ果てたようにベンチで眠っていた。綿貫はナースステーションでブランケットを借りると、それを身体にかけてやる。

亮平が目を覚まし、「……あ、すいません」と目をしばたたいた。

「今日も六時間かけて？」

「ああ、いやいや。妻は家でひとりで子どもふたりも見てますから」

「早く網走にお帰りいただけるように考えてますからね」

「ありがとうございます」


矢野の両親と少しだけ話し、三人は休憩室へと移動した。

志子田が自動販売機で買った缶ジュースを河本と桃子に渡す。

「私、見てられなかった。悠太のお父さんと、お母さんのこと……。悠太は私の悩み、いっつも聞いてくれて……」

ジュースを手に河本がボソッとつぶやく。桃子は我慢できずに泣きだした。

「どうして気づいてあげられなかったんだろう……。私、自分の話ばっかり」

河本は小さく震える桃子の背中をさすりながら、言った。

「泣かないで。お腹によくないよ」

「……」

志子田がゆっくりと口を開いた。

「俺は……俺は、あいつを信じてる。あいつが自殺なんてするわけがない。あいつはそんなことしない」

「私もそう思いたいよ」と桃子が濡れた瞳で志子田を見た。「でも」

自分を信じ、頼ってくる者に対して、誰が弱音を吐けるだろう……。

「だから、悠太は何も話せなかったんだよ」

「……」

桃子はイスから立ち上がった。

「桃子」

「帰る」

休憩室を出ていく桃子を、「送るよ」と河本が追いかけていく。

ひとり残された志子田は、桃子の言葉を噛みしめる。


「ただいま」と居間に入ると、南がすでに食卓についていた。用意されている夕食を見て「メシ作ったの?」と志子田が訊ねる。

「まあね。鍋に肉と野菜、突っ込んだだけだけど」と南が鍋のフタをとる。ネギや豆腐、しらたきを従え、グツグツと牛肉が煮えている。

「本当だ」

手を洗い、部屋着に着替え、あらためて食卓についた志子田に、小皿の生卵をときながら南が訊ねる。

「ねえ、なんで外国だと生卵食べられないか知ってる?」

「いいよ、その話は」

「卵ってお尻から出てくるじゃない?　サルモネラ菌がついているかもしれないんだって。日本の卵は殻を……」

「メシ食ってるんだからさ、やめろよそんな話」

ぶっきらぼうに言うと、志子田はすき焼きを食べはじめる。二切れほど食べたあと、「ていうかさ、なんで肉も一緒に入れちゃったの」と母に文句を言った。

「え?」

「肉は食べる直前に入れればいいんだよ。固くなっちゃうじゃん」

「息子が帰ってきたらすぐ食べられるようにって思ったんでしょ。ひとの親切を、一体この子は……親の顔が見てみたいね」

「好きな、そのボケ」

南は志子田の取り皿にこれでもかと肉を乗せていく。

「いっぱい食べなさい」

「母ちゃんも食べなよ」

「私はこれから入れて、柔らかいヤツ食べるから」

「なんだそれ」

志子田の顔から笑みがこぼれる。

まとっていたバリアがようやく外れ、南は訊ねた。

「悠太、まだ目覚まさないの？」

「うん」

「どうして薬なんか飲んじゃったんだろうね」

「悠太は自分で飲んでねえよ」

「じゃあ、どうやって飲んだのよ」

「……あいつ、小さいときから医者になりたいって言ってたんだぞ。大好きなじいちゃんが病気で死んじゃってから、ずっと」

「……」

「あいつの病院から来た男の子の患者さんのこと、毎日心配するメールが来るんだ。いろいろ勉強して、ああしたほうがいい、こうしたほうがいいって」

「……」

「俺くらいはさ、あいつを信じてあげないと。あいつがかわいそうだ」

「……そう」

※

その夜は明け方まで寝つけず、いつもより寝過ごしてしまった。息を切らして志子田は医局に駆け込むが、しかし誰の姿もない。すでにミーティングルームで次の患児についての打ち合わせが始まっていた。

ミーティングルームにはPICUの面々に加え、浮田の姿もあった。

志子田が席に着くと、すぐに植野が話しはじめる。

「予定通り、函館から圭吾くんは次の金曜日に搬送されてきます。ですが、同じ機体を使っての淳之介くんのバックトランスファーはできないと道から連絡がありました」

鮫島知事ならどうにかしてくれると信じていただけに、志子田は驚く。

「若いご両親だし、なんとか網走に帰してあげられませんか?」と綿貫が皆をうかがう。

東上が小さく首を振った。

「術後、順調に回復してるとはいえ、まだジェット機以外で帰すのはリスキーだと思います」

「そうかもしれませんね」

植野がうなずくのを見て、「あの」と志子田が口をはさんだ。

「でも淳之介くん、早く帰りたがってます」

「帰すのに税金を使えないってことですか」

どうやら綿貫も納得がいかないようだ。

「お金が絡んでくると、そう簡単じゃないんだよ」と今成がふたりをなだめる。

しかし志子田は譲らず、植野に迫る。

「安全に帰してあげるのも、立派な医療行為ですよ」

植野は難しい顔で黙り込んだ。


泣いている息子をなだめる父親の声がＰＩＣＵフロアから響いてきた。

「どうしました？」と志子田が慌てて駆け寄る。

淳之介のベッドのわきで、亮平が途方に暮れたように突っ立っている。

「もうすぐ帰れるかもってこないだ俺が言っちゃったから、まだ先になるって言ったら泣きだしちゃって」

志子田は淳之介へと顔を向け、「淳之介くん、ごめんね」と謝る。

「ごめんな。パパ適当なこと言ったわ」

泣きやまない淳之介に、志子田の胸が痛む。

騒ぎを聞きつけ、植野もやってきた。

志子田は植野に目で訴えかける。

「……」


知事室のソファに植野と一緒に座っている青年を見て、鮫島は驚いた。

「あなたが……志子田先生でしたか」

北海道にＰＩＣＵを作ることを決意させた手紙の主が、公園で会話を交わした青年医師だったとは。

空を見上げていた彼を見たとき、なぜか声をかけてしまったのも、そういうことなら納得できる。

私と彼は同じ想いを抱いているのだ。

鮫島は不思議な縁に喜びを感じながら、ふたりに着席をうながす。応接ソファで向かい合うと、植野は切り出した。

「鮫島知事、バックトランスファーの件を再度お願いしにきました」

「植野先生のお気持ちはよくわかります。私もいろいろと掛け合いましたが、うまくいきませんでした」

「抵抗が、そこまで」と植野は苦い顔になる。

「道が一〇〇パーセント負担することはどうやっても難しく……」

黙ってしまった鮫島に、志子田が言った。

「知事は僕に言いましたよね。北海道中の子どもが健康で元気に楽しく過ごせるようになるといいなって」

「……」

「淳之介くんの親御さん、子どもがほかにふたりもいてそれだけでも大変なのに、飛行機代がかかるから往復十二時間かけて車で丘珠と網走を行き来してるんです」

「理解しています。私にできることは続けているつもりです」

「知事、北海道の医療を変えたいっておっしゃいました」

念を押すように植野が言った。

「……はい」

「僕は知事を信じています」

志子田も真っすぐな目で鮫島を見つめる。

「……」

秘書の林が時計を確認し、鮫島に言った。

「知事、厚生労働省の方とのお約束が」

「すみません、次の約束があるので」

ソファから腰を上げた鮫島に、

「急にもかかわらず時間を作っていただき、ありがとうございました」と立ち上がった植野が頭を下げる。志子田も並んで腰を折った。

「今日はずいぶんと強い味方を連れてきましたね」

鮫島は微笑み、志子田を見つめた。


バスの後部座席に並んで座り、鮫島についての植野の話を志子田が聞いている。

「三年前、ＰＩＣＵを立ち上げようと話したときから、知事はやると言ったことは実現してくれました。でも、きっと私には見せない苦労があったでしょう。だから、私だけでも彼女の味方でいようかと」

「はい」

「努力は報われるっていう言葉があるでしょう。現実はそうとは限らない。でも、努力しないと始まらないからね」

この人はそうやって、日本各地に少しずつPICUを作っていったのだろう。報われないことを恐れずに、一歩一歩進んできたのだ。

「まあ、そんなこと言って若い頃は心が折れて、この仕事を何度も逃げ出したくなりましたよ」

「先生がですか?」

「医者になると華やかな世界が待ってると思ってて。バンバン患者救って、看護師さんたちにキャーキャー言われて。しこちゃん先生も妄想してたでしょ?」

「ちょっとだけ」

「でも、理想と現実って違うじゃない。そういうときはね」

「……先生も、もうダメだって思ったことありますか?」

「そりゃありますよ」

「……どうやって、そこから」

「仲間が近くにいたからね」

志子田の脳裏に矢野の顔が浮かぶ。

「……そうですか」

眠り続ける矢野の顔を見てから、志子田はＰＩＣＵに戻った。ちょうど夕食の時間で、日菜のベッドの上には食事が用意されている。

「……食べたくない」

駄々をこねる娘に、「日菜」と母親が困った顔になる。

「美味しくないもん」と顔をそむけた日菜の目に志子田の姿が映った。

「しこちゃん先生！」

「その呼び方」

「淳之介くんが教えてくれた」

苦笑しながら志子田は日菜に言った。

「ダメだよ、せっかく熱も下がってきたんだから、ちゃんと食べないと」

「だって、いっぱい口内炎ができてて、味しないもん」

思わぬ理由に志子田はハッとする。

「そうかあ。でもね、日菜ちゃん。うれしくても悲しくても、とりあえず食べよう。食べると、ひとまずエネルギーになるから」

「エネルギー？」

「うん。日菜ちゃんの血液が頑張るぞーって病気と闘ってくれるからね。先生のお母さんの受け売りなんだけど」

「受け売りってなに？」

「うーん、パクリってこと」

日菜は箸を手にとった。

微笑みながら見守る志子田を、蒼の管理をしながら綿貫が見つめている。


医局に戻った志子田は参考書を開き、さまざまな症例と日菜の現状を照らし合わせながら、今後の治療について検討を始める。

夢中になっていると、頭上にコンビニ袋が降ってきた。

「痛っ」

振り向くと綿貫が立っている。

「あんなにちゃんと食べろって患者に言っておいて」

志子田が袋を覗くと、おにぎりが入っていた。

「わざわざ、すみません」

「今、売店で一個買ったらもう一個ついてくるから」

「え、聞いたことないですけど」

「は？　じゃあ食べなくていい」

「食べます、食べます」と志子田は慌てておにぎりを手にとるったものの、開封に失敗して情けない声をあげた。

思わず笑みをこぼした綿貫を見て、志子田は言った。

「あ、笑った」

「なに」

「先生が笑ったの、初めて見ました」

「あんたの顔がちょっとヘンだったから」

「ちょっとって」

綿貫は真顔になり、言った。

「……知り合いをたどって、矢野先生の病院の人に話を聞いてみた」

「……」

「ひどい病院みたいだね。勤務環境がよくない。鬱になる人が多いって。去年ERから四人辞めたらしい」

「……そうですか」

※

翌朝、志子田は豚の生姜焼きを弁当箱に詰めると、冷ました卵焼きを切っていく。茹でたブロッコリーをマヨネーズで和えていると、南が台所に顔を出した。

「弁当、久しぶりに作ったから」

「今日、仕事休みだよ」

「え」

「ま、フラはあるから。食べるよ。ありがとうね」

「うん」

函館から来る圭吾を迎えるため、羽生ら看護師たちがベッドの準備をしている。その様子を眺めながら日菜が志子田に訊ねた。

「ねえ、しこちゃん先生、何かあるの？」

「新しいお友達が来るんだよ」

「どこから？」

「遠い、北海道のしっぽの函館からだよ」

「どうやって？」

「飛行機。今、名古屋からお迎えにいってるよ」

「すごい」

日菜は期待に目を輝かせる。

「日菜ちゃんよりちょっとお兄さんかな」

「しこちゃん先生よりイケメン？」

日菜も年頃の女の子なんだなぁと志子田はちょっと笑ってしまう。

「どうだろうね」


圭吾は想定以上に悪い状態でPICUに運び込まれた。植野はすぐさまスタッフをミーティングルームに集め、カンファレンスを始める。

「小松圭吾くん、十二歳。函館の南北海道総合病院から本日、丘珠病院に搬送されてきました。搬送直前にまたVTが起きて、一度ケタミンとミダゾラムで眠らせた状態で搬送してもらいました」

ホワイトボードに書かれた患者情報を見て、今成がうなる。

「かなり悪いな」

植野がうなずき、言った。「不整脈がかなりの頻度で起きてます。ご家族は心臓移植を希望しています」

「心臓移植……」と志子田がつぶやく。

「この状態ならリストの上位に載るのでは」

「はい」と植野が綿貫にうなずく。「でも、小児の心臓はそんなに多く出ないですから」

羽生が家族について訊ね、植野は言った。

「おうちで商売をされているので、こちらにはあまり頻繁には来られないようで」

「そうですか」

「これ以上悪化するようならすぐＥＣＭＯに乗せられるよう準備しましょう」

志子田は気を引き締めた。

「はい」


矢野の様子をうかがいに病室に入ると、東上がモニターのチェックをしていた。具合を訊ねる志子田を、「数値は安定しているよ」と安心させる。

「目、覚ましませんね」

「まあ、待とう」

東上が出ていき、志子田はベッドわきのイスに腰かけた。

「……悠太」

眠る矢野に志子田が話しかける。「研修医の頃からみてる子がいるんだけど、白血病の子でさ。さっきお母さんが『先生が言うからご飯残さなくなりましたよ』って。なんかうれしいよな、そういうちょっとしたことが」

もちろん、矢野からの返事はない。

「……悠太、本当はお前」

言葉にしたら認めてしまいそうで、志子田は口をつぐんだ。

身勝手な考えだとわかってはいたが、悠太には理想の医者でいてほしかった。


居間に入ってきた桃子に、南は申し訳なさそうに言った。

「ごめん。お昼行こうって言ってたのに、武四郎がお弁当作ってくれちゃって」

「いいの。私も翔ちゃんの作るついでに自分の持ってきた」と桃子が弁当を取り出す。

食卓に置かれていた弁当箱を見て、「相変わらず大きいね」と桃子が笑う。

笑みを返そうとしたとき、南は激しい痛みに襲われた。

そのまま床に倒れ伏す。

「!?……南ちゃん!?」

にじり寄る桃子に、南は大丈夫だと伝えようとするが、痛みはますます強くなり、口がきけない。

苦痛にゆがむ南の顔を見て、桃子が心配そうに窺う。

「苦しい?」

どうにか呼吸を整え、南は言った。

「もう大丈夫……腰痛がひどくて。ヘルニアかもしれない」

疑わしげな表情の桃子に、桃子はさらに続けた。

「本当にもう大丈夫。一時的に痛みが強かっただけだから」

「……今日、フラお休みするね」

これ以上追及しても、南は何も言わないだろう。

くれぐれも安静にするように言い含めると、桃子は志子田家を去った。

しばらくすると痛みも落ち着いてきた。

よろよろと台所に立つと、南は弁当箱の中身を捨て、痕跡を残さないようあと片づけを始める。

その顔が苦しげにゆがんでいく。


翌日、日菜の容体が悪化した。

身体を小刻みに痙攣させ、嘔吐する日菜を羽生がみている。

「志子田先生、ロラゼパムをお願いします」

「はい」と志子田は植野の指示に従う。

「点滴が外れています。ルート取り直しますね」

すぐさま綿貫が点滴セットをを手に取るが、それを落としてしまう。

「大丈夫です。僕がやります」と植野が代わった。

自分への苛立ちを綿貫はどうにか抑え込む。


処置がうまくいき、日菜の容体はどうにか落ち着いた。すぐに植野はスタッフをミーティングルームに集め、今後の治療方針についての話し合いを始める。

「今回の痙攣《けいれん》は、幸い頭部CTで出血はなく、低ナトリウムが原因でした」

植野にうなずき、東上が言った。

「原因がわかれば、まず静脈注射でナトリウムを補充すれば安定すると思います」

「普段の内服量が少なかったかもしれませんね」

「薬剤師さんとは相談していたのですが」植野の指摘に、遺憾の思いを口にする羽生。

「こまめに採血してチェックが必要だな」と今成も加わる。

意見が飛び交うなか、綿貫はうつむいた顔を上げることがなかった。


その夜、綿貫は植野に自らの症状を告白した。

「裁判が落ち着けば治ると思ってたんです。でも、クセになってるみたいで震えが」

「そうですか……」

「志子田先生にさんざん言ってしまったけど、私が一番役立たずかもしれません。すみません」

「焦らないで、ゆっくり向き合っていく方法を探っていきましょう」

「悪化してるんです……治らないんです、全然」

精神的なものは難しい。

はっきりとした原因がないから、どう対処すればいいのかわからない。ゴールのない迷路を進んでいくようなものだ。

焦る綿貫の気持ちはわかるが、植野はそれ以上何も言えなかった。

日菜の母がかすかな寝息をたててベッドで眠る娘を見つめている。そのわきでモニターの数値を確認していた志子田が声をかけた。

「お母さんも休んでくださいね」

「日菜、先生がPICUに行っちゃったあと、結構泣いたんですよ」

「僕も寂しかったですよ。日菜ちゃん大好きだから」

「それ、起きたら日菜に言わないでくださいね」

「え」

「本気にしちゃいますよ。この子、学校も行けてないから、知ってる男の子がいないんです……」

「……」

日菜の母は娘の寝顔を見て、声を震わせた。

「いくら治療を頑張っても……また急変して……。たまに思うんですよ。命を粗末にしている人を見ると、うちの子の身体と代わってくれって。なんでうちの子ばっかりが……こんなに頑張ってるのに……」

「……」

懸命に白血病と闘っている少女を見ながら、志子田の思いは矢野へと飛ぶ。

悠太、お前本当に……。


夜勤を終え、病院を出たとき、ちょうど出勤してきた河本と鉢合わせした。

「悠太のとこ、昨日行った？」

「夜、行ったよ」と志子田は答える。

日菜の母親の話を聞き、自然に足が矢野の病室へと向かった。矢野の顔を見ながら何度も自問自答したが、答えは出なかった。

「いろいろ考えたけど、やっぱり、悠太は自分で飲んだんだと思う。私はそう思ってるから」

そう言い残し、河本は病院に入っていった。

「……」


家に着いたとき、宅配業者がやってきた。「お荷物です」と渡された小包の送り主を見て、志子田は慌てて、家のなかへと駆け込んだ。

荷物は矢野からだった。

※

血相を変え、自室に飛び込んだ志子田は包装紙を破るように荷物を開けた。きれいに畳まれたトレーナーの上に一通の手紙が置かれていた。

志子田は封筒を手にとり、おそるおそる開ける。

『俺が死んだ後に』という文字が飛び込んできて、目の前が真っ暗になる。

ただいまも言わずに自室に飛び込んだ息子の様子を見にきた桃子が「おかえり」と声をかけるが、志子田の心には悲しさ、悔しさ、そして怒り……津波のように感情があふれてきた。志子田はその手紙をくしゃくしゃに丸め、「クソ！」と床に叩きつけた。

「なんだよこれ……ふざけんなよ。なんだよ、最低だよ！」

「ちょっと、どうしたの！」

「本当に見損なった！」

興奮する息子に、「なに」と南が訊ねる。

「あいつは、自殺しようとしたんだ！」

「……」

「生きたくても、助けたくても、いるのに……あの子たちがあんなに頑張ってるのに……。あいつは自殺しようとしたんだ」

「……」

「最低だ。本当に見損なった！」

南は志子田が捨てた手紙を拾い、言った。

「でも、悠太の命はあんたのものじゃないよ」

「……」

「いくら苦しくても生きたいって思える人もいる。でも、その反対の人だっているの」

「……」

「私だって悠太は大好きだ。死のうとしたなんて、悲しいよ。でも、悠太の命は悠太のものだから。私たちのものじゃないから」

「……」

「見損なうんじゃなくて、悠太のこれからを一緒に考えてあげな」

「……」

「フラ行ってくる」

南が居間を去り、志子田はひとり残された。

母の言葉で沸騰した感情は冷まされ、悠太が自分に発していたさまざまなＳＯＳのサインを思い出す。

悠太は何度も伝えようとしてくれていた。

「助けてくれ、助けてくれ」と。

なのに俺は気づきもしなかった。

自分のことでいっぱいいっぱいで、悠太のことなど何一つ見ていなかったのだ。

最低なのは俺のほうだ……。

そのとき、ポケットでスマホが鳴った。

電話を受け、志子田は家を飛び出した。


病室に入ると、ベッドに横たわる矢野と目が合った。東上が、志子田の肩をポンと叩き、部屋を出ていく。

「……おう」

「……」

「やっと目、覚ましたか」

志子田は枕もとに近い位置にイスを移動し、そこに座った。

「お前、寝過ぎだろ。俺、すげえびっくりしたよ。桃子も、河本も」

「……」

「荷物、届いた。あと手紙も」

しばしの沈黙のあと、矢野は口を開いた。

「……ごめん」

「……」

「……なんか疲れちゃってさ」

「……そっか」

「ごめん……」

「なあ、悠太。昔、俺の母ちゃんにエロ本バレたの覚えてる？」

「……」

「お前、自分が買いました。すいませんって頭下げてくれたよな。その代わりにエロビデオ買わされたんだよ」

「……」

「忘れたとは言わせねえぞ」

「……」

「……あと」

そのとき、病室の前に桃子と河本が駆けつけてきた。扉の向こうから聞こえてくる志子田の声に、ふたりはなかに入るのを待った。

「あ、謎にワケわかんねえ展覧会行ったの覚えてる？」

「いつ？」

「中一だよ。お前の初彼女との初デートに俺がなぜか付き合わされてさ」

思い出し、矢野の顔が羞恥に染まる。

「なんであんなワケわかんないとこにデート行ったんだよ」

「……」

「その三日後にフラれたんだよな。マジで退屈だったもん。一週間も付き合ってないのに、お前めちゃくちゃ泣いてたよな」

号泣する俺の背中をさすりながら、こいつはヘン顔で笑わせようとしてくれたっけ。

「あとさ、桃子の結婚式のとき、なぐさめてくれたよな」

披露宴の途中で、あろうことかこいつはトイレに逃げ込んだのだ。

「一緒に二次会バッっくれてさ。俺、お前には全部見せてきたよ。ダメなところもカッコ悪いところも。お前のダメなところもカッコ悪いところも全部見てきたと思ってた。俺とお前しかわからないことがいっぱいあると思ってた。……友達だから」

「……」

「何度も俺に伝えようとしてくれてたんだよな。おまえがこんなことになって初めて気づいたんだ。俺が自分のことばっかで、お前にばっかり頼って、気づけなかった」

「……」

「本当にごめん」

頭を下げる志子田を見て、たまらなくなった。

込み上げる涙をこらえながら、矢野は言った。

「違う。武四郎は悪くない。俺が悪いんだ。疲れちゃって、休みたくて……。けど、家に帰れなくて、先輩とか患者さんにきついこと言われるたびに逃げたくなって。でも、そんなの医者失格だ。ダメだ。ちゃんとしなくちゃって、言い聞かせて……」

「……」

「……けど、死んだら全部終わらせられるかなって。そう思って……。ごめん」

「……悠太の命は悠太のものだよ。でもさ、お前が死んだらさ、俺のダメな話、誰ともできないじゃん。お前のダメな話も」

声にならないが、矢野は志子田に向かって何度も謝りつづける。その顔はこらえきれなかった涙で濡れている。

「死なないでよ、悠太。俺たちさ、医者でもあるんだからさ」

顔をくしゃくしゃにして泣きながら、矢野は志子田の手を握った。

「……わかった」

そのとき、勢いよく扉が開き、河本と桃子が飛び込んできた。

「もういい？　ふざけんな、バカ。バカ！」

河本が怒声を浴びせ、「ホント妊婦を心配させるな」と桃子が矢野をポカポカ叩く。

「ごめんって。痛い、痛いよ」

友の優しさが、疲弊し、枯れきった矢野の心を潤していく。

開け放たれた扉の向こうから聞こえてくる幼なじみたちの泣き笑いの声に、廊下を通りがかった植野と綿貫が立ち止まった。

ふたりは顔を見合わせ、ふっと微笑む。

ふたたび歩きだし、植野が言った。

「私の同期が新人の頃、ある日突然病院に来なくなって……先輩が家に行ったら、そのまま亡くなってたってことがありました」

「それは自分で？」

「うん。昔はそういうことがあったね。そのとき、またかって思ったことを覚えてる。同時に、医者がそれじゃダメだろって」

「……」

「いろんなことを抱えて働いてもいいと思う。でも、ひとりでは抱えないでね」

綿貫は心の中で小さくうなずいた。


病院の外まで桃子を見送りながら、志子田は言った。

「悠太はさ、網走に帰らないほうがいいと思ってるんだ。あいつがつらくてどうしようもないときに、そばにいてやりたいから」

「そうだね」

「よし、これはみんなでまたキャンプだ」

「この子が生まれたらね」と桃子がお腹に手をやる。

「うん。生まれたら一緒にキャンプだ。俺がカヌーに乗せてやるよ」

「悠太のカヌーがいい」

「なんだよ」と志子田は口をとがらせた。

ちょうどその頃、南は志子田の部屋にいた。

本棚の前に立ち、並んだ医学書の背表紙を確認し、目当ての一冊を抜き出した。

『すい臓がん』のページを開き、真剣なまなざしで文字を追う。

「……」

CAST

志子田武四郎………………… 吉沢亮
植野元……………………… 安田顕
綿貫りさ…………………… 木村文乃
矢野悠太…………………… 高杉真宙
羽生仁子…………………… 高梨臨
河本舞……………………… 菅野莉央

涌井桃子…………………… 生田絵梨花
東上宗介…………………… 中尾明慶
鮫島立希…………………… 菊地凛子

鈴木修……………………… 松尾諭
浮田彰……………………… 正名僕蔵
渡辺純……………………… 野間口徹
今成良平…………………… 甲本雅裕
山田透……………………… イッセー尾形
志子田南…………………… 大竹しのぶ

他

■ TV STAFF

脚本：倉光泰子

音楽：眞鍋昭大

主題歌：中島みゆき『倶に』

（ヤマハミュージックコミュニケーションズ）

医療監修（小児外科）：浮山越史（杏林大学病院）、

渡邉佳子（杏林大学病院）

医療監修（PICU）：植田育也（埼玉県立小児医療センター）

取材協力：宮城久之（旭川医科大学）

プロデュース：金城綾香

演出：平野眞

制作・著作……フジテレビ

■ BOOK STAFF

ノベライズ：蒔田陽平

ブックデザイン：竹下典子（扶桑社）

校閲：東京出版サービスセンター

DTP：明昌堂

PICU 小児集中治療室（上）

発行日　2022年12月6日　初版第1刷発行

脚　　本　倉光泰子
ノベライズ　蒔田陽平

発 行 者　小池英彦
発 行 所　株式会社 扶桑社
〒105-8070 東京都港区芝浦1-1-1 浜松町ビルディング
電話　03-6368-8870（編集）
03-6368-8891（郵便室）
www.fusosha.co.jp

企画協力　株式会社フジテレビジョン
製本・印刷　図書印刷株式会社

Printed in Japan
ISBN 978-4-594-09359-4